ときを駆ける老女

台湾・日本から世界、
そして台湾へ

鈴木れいこ──著

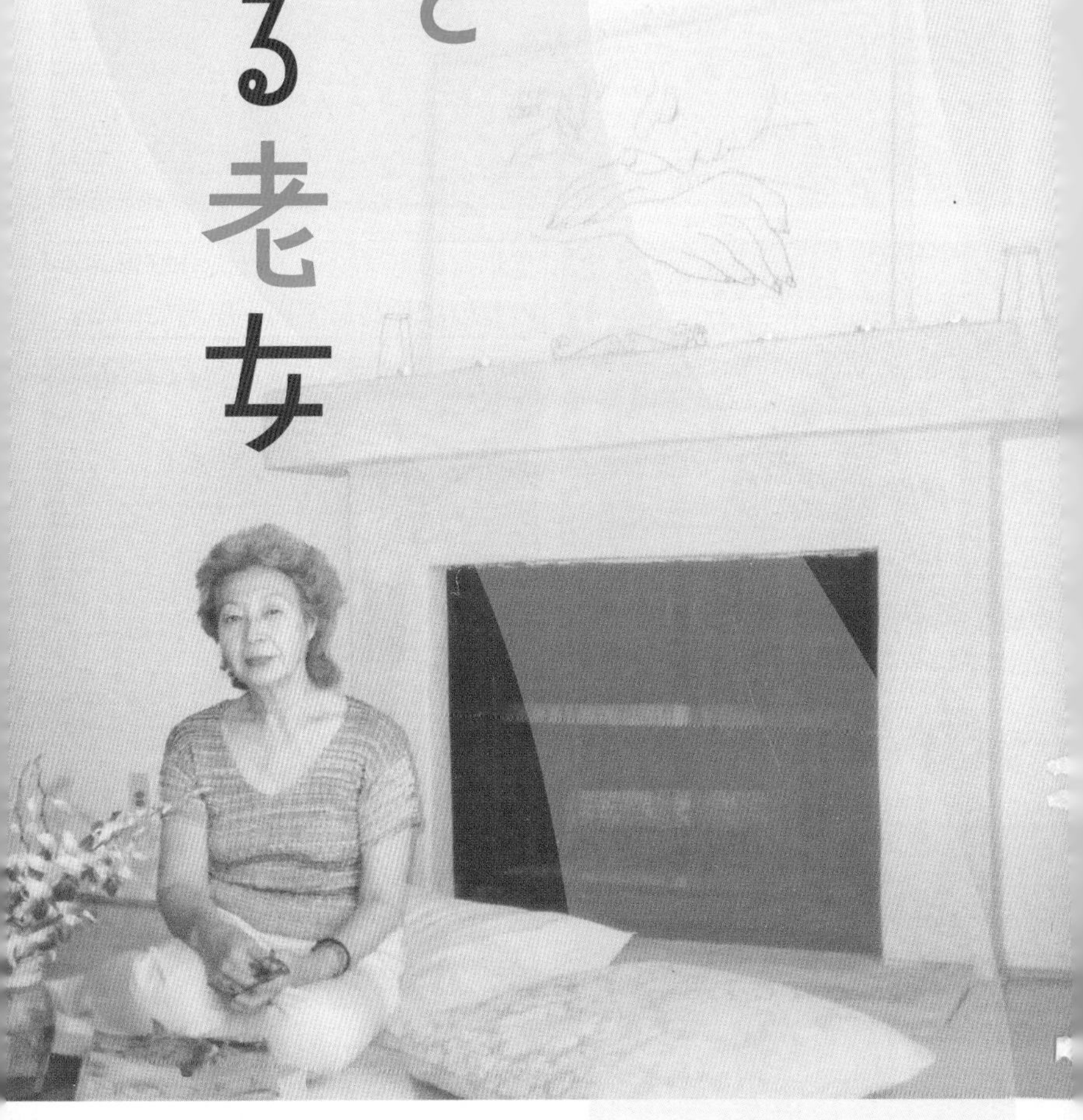

彩流社

定年後の再スタートは大分県湯布岳の麓の塚原高原で山小屋を始める。

上：山小屋「お山の工房」から見る由布岳
中：お客様用の料理を準備する
右：山小屋の入口で
下：テニスコートを背に夫と

メキシコへの旅

メキシコシティの小学校の同級生

上：ティオティワカン「月のピラミッド」の頂上
下：グァダラハラの路上の布地屋さん

スペイン・ポルトガルへ

左：スペイン、ヴァレンシアの火祭り
下右：ポルトガル、セシンブラの自宅で
下左：ポルトガル、セシンブラの海

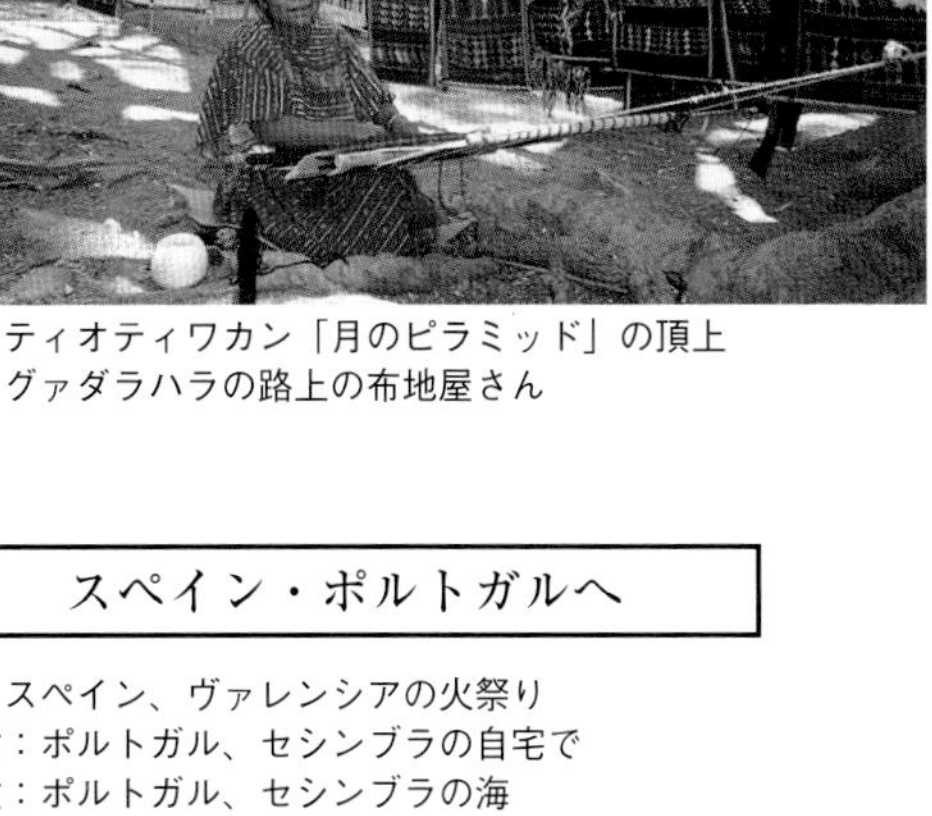

コスタリカで家を買う

エレリアの自宅（これは借家。この後千坪の自宅を買う）

夫を慕ってやってくる子どもたち。
みんなで体操やサッカーで遊ぶ

下右：バナナは実った家庭の
　　庭先で売られる
下左：田舎のホテルのプール

厳冬の北海道・白老と海の見える山口県光市に家という殻を作る……

陽光に包まれる雪の中のわが家（上）。シャッターには私が絵を描いた（左）

丘の上の家は台風で屋根が飛んだ……。
だが、眺めはいつも心を慰める

インド・スリランカ・フィリピンをめぐる

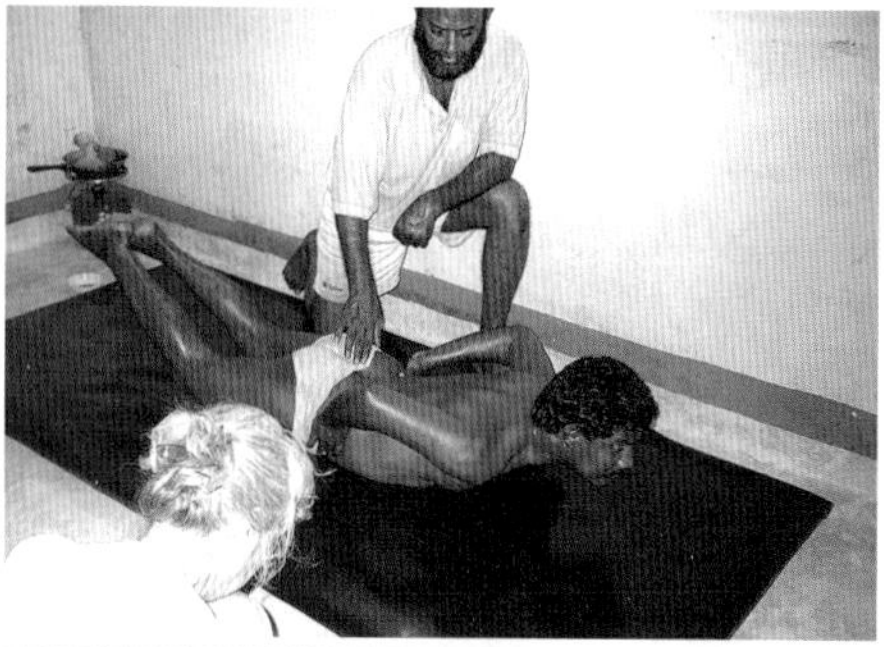

上：インドのチェンナイ、カラリパヤットを習う
上左：チェンナイでアーユルベーダを習う
左：インドの路上の仕立屋さん

スリランカ、コロンボで指輪の制作

上：フィリピン、シキホール島の食堂で
右：ドウマゲティ島、豚小屋の上の診療所

師であり、友であり、恩人たち

上：ルイス・フォンテス神父。スペイン語の先生
左：スペイン語の仲間たち。下松市

ミセス・繁子ワトソン（メキシコ、クエルナバカの市場で）

上：台湾の画家　黄義永先生と
右：台湾南投県、聖山で

わが心のふるさと・台湾を訪ねて

街角の食堂、作家の姚巧梅《ようこうばい》さんと

姚巧梅《ようこうばい》さんと台湾料理研究家の原由佳さんと聖山と呼ばれる丘で

拙著『乳なる祖国』の台湾版『南風如歌』の説明会。右は翻訳者、左は司会者

マンゴーのアイスクリーム

日月潭の民宿のご夫妻と

紙のドーム（埔里　日本の建築家坂茂さんの作品）。台湾の中部大震災後、神戸淡路大震災の時建築された紙管原料の教会の移築

目次／ときを駆ける老女

序　台湾・南投県の山中で

二〇一八年の初秋、台湾の南投《なんとう》県の、とある山を訪れた。

聖山と呼ばれる地域にあるその山は、台湾の独立を掲げて運動し、志《こころざし》ならずに亡くなった数人の碑や、第二次世界大戦後すぐに起こった白色テロによる犠牲者たちを記念して、山全体が魂を鎮める祈念の場となっていた。国共内戦で国府軍に召集されて戦った、日本統治時代は日本兵だった軍人たちの遺骨を収拾して、力尽きてご自分の命を高雄《たかお》で絶たれた許昭英《きょしょうえい》さんの碑もひっそりと建っていた。

だらだらと坂を上って中腹に辿りついたが、亜熱帯の台湾では、初秋といっても紅葉《もみじ》狩りにはほど遠く，濃い緑の雑木林に木洩れ陽がチロチロと遊んでいた。

ふと数メートル先の鐘楼《しょうろう》に年配の女性が歩み寄るのに気がついた。身構えて、彼女が撞《つ》いた直径二メートルはあろうかと思われる鐘の音は韻々とあたりを覆う。

この女性，陳恵孌《ちんけいらん》さんは白色テロで崩壊した家庭を一人娘として支えて生きて来られたそうで、目じりの深い皺《しわ》や節くれだった指はその証《あかし》でもあろう。

昼食で質素な、しかし脚のいびつが気になるテーブルで、たまたま相席となった彼女は、私が台湾に生まれ、同年の八三歳と知ると、テーブルに置いた私の右手に自分の手を重ね、人差し指で軽く拍子をとりながら、静かに『赤トンボ』を歌い始めた。

実を言うと、彼女の深い目じりの皺や瞑目《めいもく》して歌っている口元を不作法にも見つめながら、私はどうやって次に起こりうるであろう事態を躱《かわ》そうかと、思っていたのだ。

すでに涙腺《るいせん》は十分に開いてはいたが、次に歌われるであろう『故郷《ふるさと》』で、多分私の涙腺は全開するだろうからだった。

台湾に行く度に、私と同年輩の台湾人たちが、驚異的な記憶力で、日本の童謡や流行歌を歌うのを聞くけれど、順序はいつも『赤トンボ』の次は『故郷』と決まっていた。

「志を果たして、いつの日にか帰らん」の歌詞が来るあたり、志などはさておいて、去ってしまった故郷の台湾を思い、身勝手さで孝養《こうよう》を尽くせなかった父母を思い、縊《くび》られて田んぼを耕す水牛の諦めた瞳を唐突に思い出したりするからなのだ。

原風景として、私の瞼《まぶた》の裏に棲《す》み着いてしまっているのは、生まれ育った台北の陽炎《かげろう》を追って歩いた、夏の乾いた道であり、白い道のほとりの、いつでも桃色の花をつけたキョウチクトウの、暑さでむせるような、濃い茂みだった。

陳さんが一二歳で遭遇した2・28事件、いわゆる白色テロを、私はここに碑がある廖文毅《りょうぶんき》さん（一九一〇〜八六）一家が、台北のわが家を接収して住んでいたことで、身近に知っている。

当時、私の父、中島道一《みちかず》は、台湾繊維工業の社長をしていて、第二次大戦中の軍需もあり、心地よい家に家族は住んでいた。

そのわが家の表玄関は廖さんに提供され、書斎、応接間、寝室、二階の和室二間と私の部屋だった子供部屋は書架もそのままに廖さんの二人の子供たち、私と同い年のジーンと弟のアーサーが使うことになった。名前からも分かるように、彼らの母親はイギリス系の中国人だった。

独立をうたって国民政府に反旗を翻《ひるがえ》した廖さんは、2・28事件の弾圧を察して、かろうじて追っ手を逃れて香港に逃げ切ったが、台北に残った家族への国府軍の軍人の狼藉《ろうぜき》は子供心に恐ろしかった。わが家の畳は泥のついた軍靴《ぐんか》で荒らされた。

もう数年前のことになろうか、ひょんなことから、私は東京在住の原由佳《はらゆか》さんと出会ったが、彼女が廖さんの長兄の孫娘に当たると知ってその偶然に驚いたことがあった。その由佳さんに誘われた今回の旅だった。

人生そろそろ半ばに差し掛かる由佳さんが、廖さんの碑に寄りそう姿は、とたんに幼げになって、碑の主人公の廖さんに甘え切っている。連綿と続いた大地主の廖家の血が見えない空間でつながっていた。

この旅は、台湾の作家の姚巧梅《ようこうばい》さんも一緒だったが、彼女の大人《たいじん》の風格に、大陸の血が脈々と流れていることを疑う人は居ないのではないか。おおらかで、少しの事には全く動じないから、ご一緒するには最高の友人だ。

ともあれ、この旅では最年長の私は、日本人だけれど、一二歳までを過ごした大地が異国となって去ってしまい、それを理由に、精神構造は複雑を極めている。

姚さんにとっては、この山は居心地がよいとは言えなかったかもしれない。が、大きく世界平和を祈って鐘を撞きました、と彼女は屈託もなくしゃべり、私は力が足りず、小さく鐘を撞いて、台湾の行く末の平穏を祈ったものだった。

台湾に関して、それぞれの違った背景を持つ三人が、仲良く旅を続けられる事実に奇妙な安らぎを感じながら、台湾の旅は続いていた。

山の裾野にまでこだまする鐘の音は、戦後七十数年も経った現在、怒りや悲しみをも『慈愛』に昇華《しょうか》した音色《ねいろ》に響きますように、と強く祈念しながら山を辞したのだった。そして私には、この台湾行にもう一つの目的があった。

第Ⅰ部　台湾、日本、そしてアメリカの青春

わが家と台湾

もう八〇年以上も生きてしまったのか、とふと思うことがある。

私は、一九三五（昭和十）年に台湾の台北市で中島道一、梢子《しょうこ》を父母に生まれた。三人の姉がすでに居て、すぐ上の姉とは一〇歳の開きがあった。

父は、一八九二（明治二十五）年に東京の麹町《こうじまち》で生まれている。その父親は代々熊本藩に仕え、のち海軍少佐兼海軍裁判権評事として維新にも尽くしたと言われる中島惟一《これかず》である。

母は伊勢の藩士、国松栄太郎の三女で、一八九九（明治三十二）年に東京の白金《しろがね》で生まれた。

父の曽祖父、中島広足（号は橿園《かしぞの》）は、「わが国最初のドイツ文学翻訳者」でもあった。かつてオランダ語の歌と思われていた『やよひの歌』が、実は旧いドイツ語であり、これを一八二三年、七月、シーボルト来日の一ヵ月前に翻訳をしたのが彼だったという。

父は後添いだった母を二歳で亡くし、父親も六歳で亡くして、その後は乳母に育てられてい

る。麹町にあった屋敷から下町の神田《かんだ》に乳母と移って、貧乏のどん底も経験した、と生前言っていた。乳母が「出世をして必ず家名を継ぐように」と言い続けていたそうだ。

父は米沢高等工業学校、のちの山形大学工学部で当時は花形だった紡織《ぼうしょく》を、熊本県の学費給付生として学んで、九州の大分紡績株式会社に就職をした。

父の学生生活は充実して楽しかったらしく、その一つによくスキーの話をした。

日本に初めて本格的なスキーが伝えられたのは一九一一年、オーストリア陸軍のレルヒ少佐が新潟県高田の連隊武官となって赴任した時だったそうだ。

当時はスウェーデン式の一本ストックで、スキーにはエッジがついていなかったが、父は蝋《ろう》を溶かしてスキーに塗り、藁《わら》縄をシール代わりに巻きつけて、磐梯山《ばんだいさん》の山スキーを教官と友人三人と一緒に敢行した。一九一四年のことだった。

「人間万事塞翁《ばんじさいおう》が馬」と、父が言ったことがあった。本当は同期の友人が行く予定だった台湾転勤だが、友人は母親の看病で行くことが出来ず、父が代わったそうだ。

しかし、技術者として、のちには経営者として、あるいは国策に沿い、あるいはそれとは別の次元で、ぞんぶんに台湾で力を発揮したのだから、それはそれで結構なことだった。

多分父は新しい大地を拓くのだ、という強い決意を持って転勤を承諾したに違いない。

父は一九二二（大正十一）年、結婚早々に就職した大分紡績から命じられて、上海に転勤した。ここで国策でもあった日華紡績株式会社の創業に従事した。三〇歳の時である。

両親が上海に居た当時の中国は、群雄割拠《ぐんゆうかっきょ》のありさまで、革命の時期が熟し、蔣介石《しょうかいせき》はゲリラ戦を展開しながら、中国全土をほとんど手中に収めて統一した。

一九三七年に盧溝橋《ろこうきょう》事件がきっかけで、日中の全面戦争が勃発したが、蔣介石の国民党政府軍は日本に敗れて、四川省の重慶《じゅうけい》に逃れた。その後日中戦争終了後、国民党、共産党の国共内戦争となったが、蔣介石はここで、毛沢東《もうたくとう》に敗れてしまった。

さて、中国本土の混乱を見て、日華紡績がいち早く台湾に工場を移したのは一九三一（昭和六）年春のことだった。台湾に転勤した父は、以前からあった台湾紡織と日華紡績が合併をして作られた工場の工場長となった。三九歳、三人の姉たちもすでに生まれていた。

やがて現在の野村証券につながる、野村財閥の野村徳七翁その他の財界人の知遇を得て、日華紡績の台湾工場を引き継ぐかたちで、台湾繊維工業株式会社の設立に加わり、社長として会社を預かることになる。一九三五年、四三歳になっていた。私が生まれた年である。

一九四五年、終戦を迎えた父は、会社の経営と技術を、進駐してきた国府軍（国民党政府軍）に引き渡すために、軍の顧問という形でその後二年あまりを台北に留まったが、残らざるを得なかった人たちは、国府軍から給料を支給されていた。引き揚げ者資料によると父は月給八千円だったとある。

一九四九年、十月に共産党が北京に中央政府の樹立を宣言して、国共内戦に敗れた蔣介石自身は、同年末に台湾に上陸した。

この前年に私たち一家は台湾から引き揚げ船「橘丸」で引き揚げた。

引き揚げ援護局によると、台湾からの引き揚げ者は、軍一五万人、民間三二万人で、全部で五〇万人弱だそうだ。

浮世離れの母

さて、母の青春時代は、独特の「大正ロマン」と言われる、いわゆる大正デモクラシーの時代で、この風潮にのり、彼女も青山学院専門部を経て東京女子大学まで進んでいるが、子供たちに教える家事の些事には全く疎《うと》く、浮世の上澄みを掬《すく》って生きているような人だった。

父は父で、これも両親を早く亡くして、家庭という場所に馴染《なじ》みがない。彼らの子供たち、すなわち私たち姉妹が、世事の常識に欠けるとすれば、それは全く無理のないことだった。

母を想い出すと、子供には三〇センチはありそうな、しかし実際は一五センチぐらいの高さの踵《かかと》のコルクの草履があった。上海で父とよく通った舞踏会用の草履だった。

「ダンスから夜中に帰ってくると、お腹が空いてるでしょう？　だから〝桑名のハマグリ〟でよくお茶漬けをしたものだわ」

母は里から上海まで送られた、硬く煮詰めたハマグリのお茶漬けが、自分の胃下垂《いかすい》の原因なのだ、と信じて疑わなかった。

ある日は、思い出したように、柳原白蓮《びゃくれん》の話をした。「白蓮さんもたいしたことをなさったわね」と当事者のようにため息をついた。歌人でもある柳原白蓮は九州の炭鉱王の伊藤伝右門に嫁いでいたが、歳下の法学士、宮崎龍介の元に出奔《しゅっぽん》した。このころ戸畑《とばた》に住んでいた伯母が、白蓮さんと親しかったから、伯母を経由して入ってくる話に母はシンクロしてしまっていた。いまにも母自身が出奔しそうな憂《うれ》い顔になっていた。私が一〇歳ぐらいの時だったから、すでに事件から二〇年以上経っていたのに、母の話はいつも昨日のようだった。

このような話を、父の前でもすらりと言っていたから、父はたまったものではなかっただろう。小学生には不見識と思われるこのような話だったが、それでも話された私はしっかりと事情を読み取っていた。

仕事一途《いちず》の父は毎朝遠い日本の宮城《きゅうじょう》に向かって遥拝《ようはい》し、ときに祝詞《のりと》をあげてから、人力車で会社に通っていた。三〇歳ぐらいの周《しゅう》さんが車を曳《ひ》いたが、車体に片足をかけながら、ソフト帽の縁《ふち》に片手をかけて、見送る家族や手伝いの信さんや勝さんをちょっとだけ振り向いて父は出勤した。この二人は沖縄出身だった。私が四年生になった頃から台湾人の春さんが来てくれて、信さんと勝さんは故郷に帰って行った。戦争が激しくなった頃に沖縄に帰った二人がどうなったのか、案じながらもその後の消息は途絶えてしまっている。

当時、日本軍は台湾が攻撃されると想定して、沖縄に居た精鋭の部隊を、台湾に移した結果、手薄になった沖縄が狙われたのだ、と噂に聞いたことがあった。だとすると、信さんたちは苦労をするために故郷に戻ったことになる。

台北市大安《だいあん》十二甲《こう》――水牛、トンボ、青大将

父を見送って私は学校に跳んでいく。何しろ学校、幸《さいわい》国民学校は、道を挟んで隣にあったのだ。毎日這って入り込むので、学校の塀代わりの生垣は、私専用の穴が出来ていた。

時々生垣をなぎ倒すようにして、水牛が校庭まで迷い込むことがあった。学校の前に広がる田圃《たんぼ》を耕すのに疲れ切ったのだろう。水牛だってときに自由が欲しい。

秋になると赤トンボが空を茜《あかね》に染めた。しなう竹の先にトリモチを塗って、振り回すだけで、棒の先にトンボが重なってくっついて来た。何を間違ったのか、群れを成して夕空を飛んでいたコウモリが急降下してきてトリモチにペタリとくっついたこともあった。小さな両脚を縮めて、耳ばかりが目立つ、ネズミの顔をしたコウモリは、何が起こったのか見当もつきかねたのだろう、もがきもせずにキョトンとしていた。

私はいつも裸足で庭で一人で遊んでいた。

大安《だいあん》十二甲《こう》という日本人の住宅の多い一画に家があったが、わざわざ外に出るよりも家の敷地の中が私にとっては小さな宇宙だったのだ。それでもときに家の前の小川で台湾人の少女、リンちゃんと魚をすくったり、セミを解剖してお刺身を作ったり、互いに言葉が通じなかったから、手真似《まね》で意思を通じあっていた。

そうして彼女は道端の草むらで、ごく当たり前のように用を足した。ちょこちょこと走っていって、済ませるとにこにこしながらスキップで戻ってくる。

リンちゃんは、遠くに見えた台湾人の集落から来るらしかった。集落にはいつも咳をしている肺を病んだおじさんがいた。不治で、伝染すると子供や大人は信じ、その家の前の、いつも湿っているような細い道を通る時は子供らは鼻をつまみ、多分大人は息を詰めた。そんな時、おじさんはわざとのように咳をし、子供らはクモの子を散らすように逃げた。

クモの子を散らすと言えば、子供たちは交番の前を通る時も、背を低くして駆け抜けた。当時、交番のお巡りさんは権力の権化みたいだった。自転車を倒されて大声で誰何《すいか》され、うな垂《だれ》れている台湾人のおじさんを見かけることも多かった。私は今でも交番の前を通るときは目を伏せて急ぎ足になる。

リンちゃんは私といつも一緒にいるシェパードのダゴが大好きだった。

台湾語で話しかけ、じゃれ合っていたが、そのダゴも「出征兵士」と書かれたたすきを掛けられて出征していった。後ろを振り向き、振り向き、兵隊さんに連れられて行ってしまった。

そうしてリンちゃんは来なくなった。

私は元に戻って自分の小さな宇宙で存分に遊ぶことになるが、足裏をツンツンと突き刺す芝は案外ごわごわしていて，丈《たけ》も私の足がもぐってしまうほどだったが、その芝を駆け抜ける間に、多分蛾《が》だと思うけれど、くるぶしに、卵を産み付けられたこともあった。産み付けられた一ミリにも満たない丸い卵がびっしりと、整然と、貼り付いていた。手で払ってもまるで糊《のり》がついているようでなかなかとれなかったが、走っている脚に卵を産むなんて、その早業にびっくりした。

セミを獲《と》ろうと登った庭木のてっぺんあたりに、青大将が何かを狙ってじっとしているのを見た時はさすがに驚いた。私はヘビと競って同じ獲物を狙っていたことになる。

二人の姉は東京女子大や青山学院に進学し、下の姉は戦争が激化して日本との連絡船が絶たれる事を危ぶんで、戸畑の伯母の家から女学校に通い始めていた。

日本人老医師と高砂族《たかさご》

戦争が激しくなって、私が父の友人に紹介された新竹州《しんちく》の南庄《なんしょう》に母と一緒に疎開をしたのは、一九四四年、敗戦の前年だった。

そこには岩をはむ激流が音を立てて流れる谷川があって、人が一人通れるぐらいの幅のつり橋が掛かっていた。落ちた時に感じるであろう恐怖は夜に夢となって現れ、汗をかいて飛び起きては母を呼んでいた。

長老派の牧師劉阿飛《りゅうあひ》さんの教会の離れを借りて、疎開暮らしが始まった。

台湾は一七世紀の頃スペイン人やオランダ人が占領して、カトリックを布教したが、のちにカナダとイギリスが入って、プロテスタントが盛んになり、現在もとくに長老教会の勢力は大きいと聞く。

日曜日に礼拝が終わると前庭に市が立つ。この状況に目を剝《む》く牧師も居るだろうけれど、田舎の教会はおおらかだ。

私は龍眼《りゅうがん》の大きな樹の下で、台湾語が行き交うなかを走り回って、地面に置かれた籠のなかでぴよぴよ鳴いているアヒルの赤ちゃんや、伏せた籠の中に入れられた茶色の鶏を突いたりして、大人の邪魔をする。

あっちに行きなさい、しっしと追い払われて、駆け込む教会の土間の台所は暗くていつでもひんやりとして、アヒルのひなが放し飼いされて、頼りなさ気な細い脚で床をちょこちょこ歩き回っていてうっかり踏みそうになる。すると牧師の母親のおばあさんは竹の先を割った簓《ささら》のような棒を振り回して私を追いかける。日本語が出来ないから、「ほうほう」と大声を上げる。おばあさんは追いはするけれど、纏足《てんそく》の足では勝負は決まっていた。どれほど私はおばあさんに追いかけられたことか。これが面白いから私はアヒルのひなをわざと足でまさぐる。

このおばあさん、皆は「あぽ」と呼んでいたが、おそらく裕福な家庭に育ったのだろう、若い頃にこの山奥に教会を建て、他人には宿命とも思えるほど、キリスト教の伝道に自分を捧げていた。

この南庄という小さな村落には、唯一の日本人医師が開いた医院があった。うろ覚えの名前は、『順天堂』医院だった。院長は本田清さんと言われる熱心なクリスチャンで、支払の出来ない患者には、畑の人参や大根でよし、とする先生だった。

この背の高い、ちょっと怖そうな顔をなさった医師が、日本から一八九五（明治二十八）年、台湾に近衛旅団長として派遣された、北白川宮能久親王《きたしらかわのみやよしひさ》の侍医の一人だった、と後に先生の孫にあたる、小学校の同窓生だった田代哲二さんから知らされた。

本田先生に呼ばれてある日、顔を十字に刺青《いれずみ》で区切った先住民（当時高砂族《たかさごぞく》と言われていた）の青年が背負子《しょいこ》に筍《たけのこ》を沢山入れて訪ねてきた。台湾人の間でも、すこし浮いていた立場の高砂族がいわゆる下界に降りてくるのは珍しかったが、本田先生は彼に、母から日本語の讃美歌のある部分を教わるようにと言づけていた。先生の高砂族に対する宣教運動の一つだったと思う。山奥の部族の村に、小さなキリスト教の集会場は出来たのだろうか。彼はその後も数回、夕方に訪ねてきた記憶がある。

先住民である彼ら山岳民族は、大陸の福建省などから漢人が渡ってくる以前から台湾の山岳地帯に住んでいた人たちで、日本の国策によって、徴兵され、もしくは志願兵として、その果敢な行動で太平洋戦争において大きな力となっていた。

日本人になりきろうとして、努力して、あの大戦では大変な協力をしてくれた先住民は眼光鋭く、頬骨がたかく、独特の風貌をしていたが、笑うと目は三日月型になって高い眼窩《がんか》の中に埋もれてしまいそうになる。

先住民の青年たちを戦場に送り出し、その武勲をたのみ、文明からは程遠かった彼らを教え、育て上げた植民地政策は、ある面では評価される筈だという人も居る。ただ、莫大な数の先住民が戦死し、本国と同じく国策の犠牲となったのは事実だ。

母国から祖国へ——引き揚げ船の思い出

小学校五年生の時に敗戦を迎えた私だが、父が会社を国民政府に引き渡すために、その後二年あまりを過ごして、台湾を引き揚げた。一九四八（昭和二十三）年のことだった。

子供心にこの地を離れるための行事もあって、友人同士でサイン帖を交換したりしたが、いゝわさんとの別れが悲しくて、挨拶を促す母に頑《かたく》なに背を向けていた。

いゝわさんは台湾人の私の乳母《うば》で、私は彼女のお乳をもらって育っていた。

豊かな胸とほとばしるおっぱい、なぜか私はその感触を、魂の底にしまってある。台湾では、母乳を与える乳母は職業として成立していたそうだ。

非科学的ではあるけれど、ときに自分が亜熱帯的な発想になるのは、お乳を貰った所為《せい》かしら、と思うことがある。そうして、当然お乳を分け合った兄弟にとても逢いたいと思う。

すべてを失って台湾から両親と祖国に引き揚げた日を境に、一家の暮らしは凋落の一途《いっと》を辿っていたが、小学校を終えるまでに身についてしまった贅沢な暮しへの慣れは、祖国で見、聞き、口にするものが、すべては既に経験済み、といった醒《さ》めた思いも生んだ。

それらが自分の尺度以上のレベルであることには思いも及ばず、井の中の蛙《かわず》は、たまに世間を見渡して目玉を剝くけれど、あとは、ひっそりと記憶の井戸にひきこもる。

裸足で庭を駆け回り、小川でメダカを追う自然児で過ごした台湾の、枕もとにバッタやイナゴやアゲハチョウの蛹《さなぎ》を置かなくては眠れない奇妙な生活習慣からみれば、祖国のちんまりとまとまった、約束事の多い生活は不便きわまりなかった。

記憶の中にある私の台湾は、幼かったせいか、苛酷な戦争の影をあまり引きずってはいない。

過酷な戦争の実態を知りはしなかったけれど、しかし、最後まで台湾に残らざるをえなかった引き揚げ者が集結させられた一九四八年、基隆《きいるん》の海岸べりの倉庫の様子は覚えている。

茣蓙《ござ》の上に座った人の洋服を踏まなければ歩くことも出来ない狭い通路や、トイレの非衛生極まる情況に嘔吐が止まず、両親を困らせた記憶がある。

そのような状況ではあったが、倉庫の金網の囲いの外側には、別れを惜しむ台湾人の知人の多くが、遠くは南の端の高雄からも両親を見送りに来てくれていた。網の穴から貴重品だったパーカーの万年筆が渡されたり、フェンス越しに母へ毛糸で編まれた長い丈の新品の上着が放り込まれたりした。これらの高価な品は、父の会社の跡を継いだ中国人の祝《しゅく》之灝《こう》さんのプレゼントだった。

船に乗せられて、最初に日本の島影を見つけた初老の男性の歓声に、どっと右舷に小走りで集まった人たちの重みだろうか、大きく輸送船が傾《かし》ぐのを経験した。引揚げ者のはやる望郷の念が形をなした瞬間だったと思う。

着岸した佐世保の港では、検疫のために船で一泊をさせられて、ようやくタラップを降りることになった。初めて見る腕章をつけた外国人の兵隊が、駆虫剤のＤＤＴの粉を、水鉄砲のようなものから噴射した。白い粉をはたきながら横目でみた母は、モンペ姿だったが、襟《えり》を引っ張られて、背中に直接ＤＤＴを注がれていた。唐突に怒りがこみあげたけれど、なす術《すべ》もなく、人波に押されてふくれっ面《つら》で歩いたものだった。

引き揚げて伯父を頼って暮らした祖国は、食糧はもちろんのこと、極端に物資が不足し、戦争は終わったけれど、数種類の食料品は割り当てられた切符で買い、お米は登録の通帳なしでは売ってもらえなかった。もっともこの通帳は身分証明みたいなもので、移動するときには、宿泊先に手渡して、はじめて、食糧を提供してもらえる。

連合国軍から放出されたトウモロコシの粉や小麦粉なども貴重な食料だったが、乏しい物資を皆が分けあっていた当時は、貧富の差などは表立っては見えず、みんな貧しく、謙虚だったと思う。

佐世保から三島、そして深川へ

ここで思い出すのは、のちに都内・目白《めじろ》に自宅が建ったある日のこと、中学生だった私が学校から帰って鍵が掛かっていなかった玄関から部屋に入ると、見知らぬ中年の男性が、片膝をついて箪笥《たんす》の一番下の引き出しを覗いていた。

彼はしっかり畳んだ黒い雨傘を脇に置いて、乏しい衣類を物色中だった。

「あら」と言ったかどうか。部屋の入口に突っ立って見つめていた私の前を、小腰をかがめながら、彼はそそくさと黒い雨傘を脇に抱えて何も取らずに立ち去った。痩せて背が高く、インテリ風の男性だった。

あの貧しかった時代、泥棒といえども共感する部分もあって、互いが互いを許すような奇妙な連帯感が育っていたように思う

泥棒が漁《あさ》っていた箪笥は、引き揚げて家具が一切無かったわが家に、はじめてやってきた桐

の、引き出しが五段ある中古の和箪笥だった。当時目白通り沿いに、三軒ほどだったか、中古を商う家具屋さんがあった。

敗戦後の財閥の解体もあり、皇籍離脱させられた方もあり、目白界隈にお屋敷を構えていらした方や、空襲で焼け残った家でも、生きるのに精いっぱいの世情だったから、それらの屋敷から放出される家具類で、中古の家具店は繁盛していた。

わが家の総桐の箪笥は、引き出しの取手の金具にも細かい細工がされていて、由緒正しい。現在の無機質なリサイクル店に並べられた家具とは違い、かつての目白通りの家具屋さんに並んだ箪笥たちは、流転の身を嘆いて、吐息をつきながら、道行く人を眺めていたと思う。


それはともかく、皆が贅沢を言わず、平等な暮らしぶりだった時代を経てみると、当然、「勿体《もったい》ない」思想が育って、なるべくものを捨てないように心掛けるはずだけれど、私の場合は、まったく逆の考えにつき進んでしまった。

一晩でがらりと生活の基盤が覆され、凋落の一途が始まった引き揚げの日が原点となっているのだろうか、物や人に対する執着が希薄で、年齢とともにまとわりつく物を全て捨てて、身軽になって終《つい》を迎えたい、という少女時代からなんとなく持ち続けていた想いが最近ますます強くなったように思う。

佐世保に引き揚げ、戸畑の伯父を頼り、やがて静岡県の三島市に住んでいた末の姉夫婦を頼って、父母と私は移動をした。

この姉は、女学生時代に、台湾代表の水泳自由形選手として神宮の全国大会に出たこともある。この姉の背中に乗せてもらって、わが家のプールを往復した、と、疎開仲間でもあった私と同級の田代哲二さんや、わが家のすぐ裏に住んでいた一番ケ瀬亘《わたる》さんも懐かしむ。プールはかなり鮮明な記憶となって、幼い友人たちの記憶に残っているようだ。

さて、当時私は中学の一年生の筈だったが、つまり引き揚げで、小学生から中学生になるための、通過儀礼を経ていない事実があったので、気分は小学校の延長で、通学路の角にカキの木が一本立っていたが、そのカキの実を傘の柄《え》を使って失敬して友達に配り、通りすがりの大人たちに呆れられた。

三島を離れて落ち着いたのは、江東区深川の八畳間の一室で、階下は飲食店になっていた。目白に家が建つまでの避難場所ではあったが、引揚げ者にとっては有り難かった。一九四五年三月の大空襲で、灼熱《しゃくねつ》の炎の帯が走ったという富岡八幡様の前の大通り沿いにその店はあった。

店の裏手は一面に茶色の焼け野原で、枯草のてっぺんで、モズが啼いていた。

木場《きば》が近かったせいか、時々海風が材木の香りを運んでくる。

階下の店ではいつでも『星の流れに、身を占って、……』という歌詞のレコードがかかっていて、もの哀しい、なげやりな調子のこの流行歌を私はすっかり覚えて、つい口ずさむ度に、父に叱られていた。

お腹にさらしを巻いた客が上得意だった飲食店には、まだサンフランシスコ平和条約も成らなかった当時、占領軍のアメリカ兵も派手な女性たちを連れてやってきていた。

彼らが二階まで上がって来ることもないのに、母は階下がお酒のために賑やかになってくると、父が不在のときは、私を狭い押し入れに押し込んだ。あたりは現在ほど外国人慣れをしてはおらず、その意味では少し先を行っていた筈の母でさえ、小刻みに震えていた。

「もう出ていい？」

「まだ、駄目！」

母の母校に進学するが……――思い出せない学園生活

母は小さなうすい背中を見せて焼け野原の空き地の枯れ草を折って、七輪の火を熾《おこ》していたが、暮らしの不満を過去にくらべて全く言わず、父も同様だったので、私もそのような事を言わないように自分を戒《いまし》めていた。

ある日、彼女は翻訳業を始めた。

アメリカなど連合軍の兵隊たちがわが物顔に、日本の女性を連れて腰に手を回して歩いていた時代だった。帰国したアメリカ兵に女性が出す手紙の英語訳だった。

文学少女だった母の修飾に満ちた手紙に、アメリカから長い返事が必ず届き、それを又日本語訳をして依頼主の女性に渡す。

受け取りにくる彼女たちの眉は、みな三日月を描き、真っ赤な口紅も顔からはみ出るようだったけれど、珍しいチョコレートなどを貰って、中学一年生だった私は不思議に嫌な思いをしたことが無い。

「もうよしなさい、手紙がひとり歩きしてしまって、取り返しがつかなくなるぞ、罪だね」

父の一言で、もはや母の脚色が作り上げるラブレターの翻訳は中止された。

父も経済的には思い通りにならない暮しだった筈なのに、それでも両親は母の母校でもある青山学院の中等部に私を入学させた。

父と一緒に見に行った区立中学の、窓ガラスも爆風でそのままになっている様子に、両親は、せめて学校だけでもよい環境に、と考えて決断したのだろう。

両親は末娘に欠けているものを見抜いていたに違いない、入学すると同時にお茶とお花を習うべく、電車を乗り換えて行かなくてはならない目黒《めぐろ》まで、すでに完成していた豊島区目白の自宅からしぶしぶ行かされていた。初歩のお免状も頂戴したのに、その後、全く役に立てることもなく現在に至ってしまった。

工面して入手したに違いない着物も時に着せられた。祖国の風に馴染むように、と考えてくれた亡くなった両親に、今は感謝以外のなにもない。すでに結婚して近くに住んでいた一番上の姉も、友人から私のために着物を譲り受けてくれていた。

中の姉は福岡に住み、下の姉は三島から転勤して、上の姉の近くに住んでいたが、三人とも戦時中と戦後すぐにかつての海軍の士官と結婚していた。義兄の三人はともにすでに亡くなっているが、日本の復興のために寝食を忘れて働いた世代の人たちだった。

ともあれ、私の私立中学への入学は、みじめな現況に一切愚痴をこぼさなかった両親の、自分たちの再生のとっかかりになったのでは、と思ったりする。

もっとも、台湾、戸畑、三島、東京、と一年間に渡り歩いた暮らしぶりでは、学校に馴染むことを、自分から拒否していた気がするが、中等部の一年生を繰り返すことで、ようやく学校生活が始まった気がしている。

亜熱帯の国で、のびのび暮らしてきた私にとって、祖国の約束事の多い社会はかなり面倒なことで、なかなか馴染めないままに学校生活が始まっていた。

多分、馴染めなかった理由の一つに、言葉の問題が大きかったのではないか、と今更に当時のやや鬱屈《うっくつ》した少女時代を考える。

植民地の台湾ではあったが、東京出身の両親や教師たちから、十分に標準語を学んだ筈だった。が、しかし、それでも祖国に帰って、自分が東京住まいの友人たちとは、ほど遠い言葉使いをしていることに気がついていた。良い品物を指して、私は「上等」と言うし、語尾をあげて「ねぇえ」と優しく訴える話し方も私には真似出来ない。

以来、人と話すことに不安を覚えることになる。

また、友人たちが経験をした「学童疎開」や、乏しい食生活や、それによって生まれた連帯感などは、私にとっては理解の外だったから、そのような体験が出来なかった自分が、なんとはなしに疎外されているのでは、と肌で感じていた。

京都方面への修学旅行には、父が別行動でついて来ていた。自由行動の時間を利用して、案内をしてあげようと言ってくれていた。前日まで修学旅行には行きたくないと言っていた娘を案じてのことだったろう。

私は中、高等部の六年間の学校生活の、とくに後半を、今もって全く思い出せない。校舎の佇《たたず》まいはどうだったのか、何階建てだったのかすら思い出せない。気分が悪くなるたびに、保健室にお世話になって、思い出すのは白い壁と保健の先生の透き通るように白い指とクレオソートの匂いだけである。それなりに努力はしていても、自閉した私の思春期だったと思う。

学問へのスタートが切れる大事なこの時期を、無為に過ごした悔いはいまだに大きい。

高等部が白紙の状態で私の頭にインプットされているのには、理由と思われることがあった。

高等部生二年になったある日、お財布から父からもらったばかりのお小遣いが盗られ、代わりに男女のいかがわしい写真が入れられていた。震えながらしゃがみこんでしまった。

この時代は、今ほど情報があふれてはいず、この世に生まれてくるシステムさえ高校生になっても知らず、誰も教えてはくれず、のほほんと生きていた。読書も人並みにしていた筈なのに、なんといい加減な読み方しかしていなかったことか。

お小遣いを盗られただけならば、これほど鬱屈《うっくつ》しなかったであろう。写真はいきなり私を暗い洞のなかに放り込んだ。

以来、この事実を現在まで封印してきたが、それにしても、友人の誰にも話すことも出来ず、支離滅裂《しりめつれつ》な自分をなんとかカムフラージュしながら、成績だけは不思議に保つことの出来た高校生活だった。

渡米・フィラデルフィアの美術学校へ

大学受験を控え、進学適性検査が始まったこともあって、緊張の連続は持病のメニエル氏病を図にのったように横暴にした。執拗に病状は繰り返し、環境を変えればよいのでは、という家庭医のアドバイスを受けて、米国フィラデルフィア近郊の街から二年間のロータリーのスカラーシップを得て、私のアメリカ留学が実現した。一九五五年（昭和三十年）初夏のことである。

フィラデルフィアに住む、母の大学時代の恩師が力を添えてくださった。

サンフランシスコ平和条約も三年前に締結され、翌年の四月に発効していたが、それでもアメリカ大使館の敷居は高く、威厳のあるどっしりとしたカウンター越しに、胸に手をあててアメリカ国旗の前で、ドキドキしながら宣誓をさせられた時代だった。旅券には、目の色を書く欄があった。これは、コンタクトレンズの時代が来てとり止めになったようだ。

胸部レントゲンなどをアメリカ指定の医院で受ける事も留学生の渡米の条件だったから、現在の聖路加病院まで行って，肩幅ほどもあるレントゲン写真を抱えて、旅券の申請に行ったし、その他もろもろの予防注射も受けなければならなかった。

「戦争花嫁」と呼ばれる、アメリカの軍人と結婚をした日本女性が、夫の転属にともなって一緒に国に帰り始めたのが、ちょうどこの頃だった。

まず舞鶴港からカナダのヴァンクーバーまで、親戚が所有する汽船会社「日之出汽船」の貨物船で行き、そこからヴァンクーバー空港に行って、シカゴ経由で目的地のフィラデルフィアに飛ぶ必要があった。「日之出汽船」は現在は「日本郵船」に合併吸収されている。

貨物船の客は、客船の一等船客並みの扱いだったから、船長と同席する待遇は快適だった。しかし、私一人の船旅は、退屈でもあったから、たまたまタイプライターが事務室に置いてあったのを目にして以来、下船までにブラインドタッチが出来るほどに腕を上げることになる。

ヴァンクーバーの港に到着して、船から流される『ホタルの光』は面《おも》はゆかったが、ここから空港までどのような手段を使って行ったのか、全く覚えていない。ほんとうにスポンと記憶から消えてしまっている。こんなことがあっていいのだろうか。

目的地のフィラデルフィアに行くための経由地のシカゴ空港では、英語が聞き取れなかったために一便逃してしまった。それで、私のために客の数十人が一時間以上足止めされることになってしまった。

途方に暮れてベンチに腰掛ける私に、通りすがりの空港職員たちは、揃って親切だった。赤ん坊を胸に抱く仕草をして、赤ちゃんはどうしたのか、夫はどこに行ってしまったのか、アナウンスをして探してあげようか、と問いかけてくれる。私は戦争花嫁に間違えられたようだった。

人種差別が大っぴらに行われ、シカゴの空港ではトイレはホワイトとブラック、もしかしたらカラードと書かれていたかも知れないが、そのように表示されていた。迷いながら、ブラックに入りかけると、黒人の少女が手を引いて、白人トイレの入口まで案内をしてくれた。初めて自分が黄色人種ではあるけれど、白人側に色分けされている事実を知った。この時以来、私は人種問題に鋭くならざるをえなくなった。

思い返してみると、アメリカではこの頃すでに買い物はカード決済が普通に行われていた。主婦が現金を持たずに買い物をするのを見て、そのからくりが不思議でしょうがなかった。

廃墟の国から渡ったにしては、その繁栄ぶりを羨むこともなく、他人から見れば図々しいとも思われるような態度と感覚で私は生きていた。もっとも、周囲に気配りをする余裕もなかったフィラデルフィア・ミュージアム・スクール・オブ・アートの美術学校時代である。

画家の北川民治が、ニューヨークの美術学校で学び、のちにメキシコに渡って、特に子供たちに絵画を指導した経緯が書かれた本を読んで以来、私の関心はアートの世界にあったから、躊躇《ちゅうちょ》なく学校は美術学校を選び、うっすらとメキシコに行ってみたいと思うようになっていた。

美術学校では、一クラス三〇人ぐらいの肌の色、骨格、年齢もまちまちの学生が集まっていたが、着衣の男性のデッサンから授業が始まった。アメリカ人とひと塊《かたまり》に括っていたけれど、実は随分多くの異なった国をルーツにする人たちの集まりがアメリカなのだと実感した。何代もこの国に暮らしていても、ルーツを同じくする人が微妙なスタンスで互いを意識しているようだった。

解剖学や美術史なども教科の中に当然あって、日本でアメリカ人の家庭教師から英語を特訓されて来てはいたが、力の不足は致命的だった。それも慣れもあってだんだんに解消されていった。

すでに個展を開いた男性もいた。政府から下りる学費援助（ＧＩビル）があるので、使わなくては勿体ないと言う。一九五〇年に勃発した朝鮮戦争に韓国軍支援のために狩り出されて、帰還した人が受け取ることの出来るＧＩビルだが、クラスにはもう一人この制度を利用していた男性がいた、

環境に適応するのが難しかったのか、体中に湿疹が出来た時は、今思えば信じられないことながら、ドクターが煙草を吸うことをしきりに勧めてくれた。痒い思いを逸らせるためだった。

日本人の留学生は学内で一人だけだったが、戦争に勝った国の人たちが示す誇らしさと、負けた国から来た女学生への多少の興味と憐憫《れんびん》もないまぜになり、この当時に限って、アメリカで学んでいる日本人の私は周囲から微妙に可愛がってもらったと思う。

こちらの言葉を理解することを最初から放棄してしまったアメリカ人との交流はかえって気楽で、じっとこちらを見つめる瞳は、ピンク色に縁《ふち》取られた子ブタの愛らしい目を覗くようだ、と観察するゆとりさえ出てくる。

しかし、あきらかな差別用語の「ジャップ」を使う女子学生もいて、言ってしまってから、わざとのように口元を手で覆う様子にやりきれない思いもした。

ライフセーヴィングの資格で夏休みを謳歌

奨学金留学生のアルバイトは禁じられていたから、夏休みごとにニューヨーク州とペンシルベニア州の間にある湖、ポコノのキャンプでカウンセラーを務め、三食付きで奉仕をして毎日をやり過ごしていた。

この日のためにフィラデルフィアの下町のＹＭＣＡで取得した赤十字のライフセーヴィングの資格が役に立って、もっぱら湖で泳ぎながら、少女たちの見張りをしていた。

ユダヤ系の上流階級出身の少女たちの我儘《わがまま》なこと、禁じられていることは全てやってやろうとばかり、カヌーのうえで立ち上がる、溺れたふりをして水に浮く。そのたびに司令塔から大声で指令が飛んで、キャップのつばを後ろに回して、抜き手を切って泳ぎ着く頃には、歓声を上げた少女たちがカウンセラーの到着を手拍子で待っていた。

六人一組の小屋に戻れば、同じ部屋で寝ている私のベッドが森に隠されていたりして、思いもかけない悪戯《いたずら》に叱る気もせず、おやつの分量を減らすお仕置きをして彼女たちのブーイングを無視する。これが東洋人という、初めて出会う異質な人間に対する小さないじめだった、と気がついたのは後のことだった。

馬と馬丁を連れてやってくる少女たちも多く、彼女たちが寝静まるとカウンセラー一同が湖岸に集まり、馬のほうがどれほど扱いやすいか、と嘆きながら、ストレス解消の行事が始まる。もう忘れてしまったけれど、名を言えばそれと分かる政治家や実業家の娘たちの名前を叫んで、物騒な言葉を口にしつつ、全裸で湖に飛び込むカウンセラーの、豊かな乳房が月夜の湖を深く潜っていく。

カウンセラーには黒人は一人も存在せず、同じ年代の黒人の少女が数人、黙々と掃除や台所の下働きをしていた。

まだ人種差別は厳然とあった

アラバマのバスボイコット事件（一九五五年）が世間に一石を投じ、マーチン・ルーサー・キング・ジュニア博士があの力のこもった「私には夢がある」で始まる演説で、公民権法の成立につながる大きなきっかけを作ったのは、八年先の一九六三年のことだった。

公民権法は一九六四年に成立して、人種による差別や仕事による差別が撤廃されることになったが、バスボイコット事件、つまり公民権運動が南部で起こりつつあった時代と私の滞米時代が重なる。

黒人問題で思い出すのは、ある日、生徒仲間の黒人の夫婦が、たまたまイギリス系白人の知人の家を訪問する私を見かけて、車で送ってくれた日のことだ。門口で別れただけだったのに、知人の女性が、「あの人たちが庭を覗いていたわ、黒人などに送ってもらうのは今回限りよ」と怯《おび》えて言ったことである。怯えという言葉が最も適切な表現だと思う。

親しくお世話になっていた、あるドイツ系の白人女性が黒人教会に連れて行ってくれた時のことも思い出す。当時、白人が黒人教会に出入りすることは全くといってなく、一緒に行った女性は、玄関先に掲げられた漆黒のキリスト像には意表を突かれたようだった。帰り際に、黒人の一人が彼女の頬にキスをしたが、うろたえた彼女は、教会を出ると早々に頬をハンカチで拭った。黒人に理解を示す団体のメンバーだった筈の女性の、ふと見せてしまった本音を垣間見た思いがした。

ニュージャージーに泳ぎに行った時は、砂浜から沖にかけてある部分に綱が張られ、黒人地区となっていた。広い大西洋の同じ海水なのにと、このときばかりは馬鹿げた差別に息をのんだ。

後年、ロサンゼルスの郊外で、プードルを連れた黒人女性に「この犬の飼い主を知らない？」と話かけられた。「さっき犬の名前を叫んで狂ったように探していた女性がいた」と返事をすると、彼女は、その女性の歳格好を訊ねながら、「その人、ブラックだった？　それともホワイト？」と私の顔を覗く。

黒人が自身をブラックと言い、白人を同列に置く今では当たり前の有様を、かつて私は経験をしたことがなかったので、その時なんとなく清々《すがすが》しい思いで彼女を見送った。学生当時、現在はアフリカンアメリカンと呼ぶ黒人の正式な名称が分からず、黒人の友人に訊ねたことがあった。「ニグロでいいよ」と彼女がなげやりに応えたのを思い出す。

のちにオバマ大統領が、背景には多くの民族の血を背負って出現したのを見て今昔の感に堪えなかった。

ともあれ、四人姉妹の末娘を、思い切って放り出した両親の肝《きも》の座り方には敬意を抱くが、むしろ、いくつかの選択肢のなかで、これしか無かったであろう当時の私の状況を思うと、両親に対する申し訳なさが今頃になってこみ上げる。

ふた夏のキャンプカウンセラーを体験し、もう一年の奨学金申請を考えていた時に、親しかった友人の訃報が母から届いた。谷川岳で遭難したという。

同級生だった彼は、私がアメリカ行く為に舞鶴港に出発する日に、東京駅で見送ってくれた人の中には見当たらなかった。やがて汽車が新橋駅に到着するころ、母に促されてタラップに向かうと、長身の彼が照れくさそうにホームに立っていた。汽車が動き始めても、互いの手が離せなくて、「そこの二人、手を離して」と大声でアナウンスをされた思い出があった。

奨学金の申請をせずに帰国したのは、アメリカに渡って三年目、一九五七年晩秋のことだった。帰国して、しばらく経って彼のお墓を雑司ヶ谷《ぞうしや》に訪ねたが、コンクリートで出来た四〇センチ四方ぐらいの、地面にじかに置かれたプレートの上には落ち葉が積り、哀れが募った。両親を幼い時に亡くした彼が、一人でこの土の下に眠っている。突然の「死」は結局「生」へのピリオドで、あとは全くの空《くう》ではないのか、と思い、虚しかった。

結局、私のアメリカ行きは何だったのだろう

しかし、気づかなかった、知らなかった、では済まされない多くの人から受けた厚意と深い愛情を、無知や、自身の驕《おご》った気持ちで、ないがしろにしてしまった事を考えて、この年齢になって臍《ほぞ》を噛む思いでいる。人生の終わりを詫び終えて括ろうにも、逝ってしまった友があまりにも多い

第Ⅱ部　記者の妻、二人の娘の母として

大阪での出会い、そして結婚

一九五七年の十一月、岩手県・宮古港に、ハワイ経由で帰って来た。

フィラデルフィアの空港からスキーツ家の娘のベティが待っているハワイに飛んだが、オアフの繁華街でも当時は裸足の人を多く見かけた。のびのびと、ゆったりと、人々は歩いていた。

港で出迎えてくれた父は、二年あまりのブランクを全く感じさせない姿で岸壁ににこにこ笑って立っていた。

帰宅して日を置かず、友人の紹介で、私はある英字の通信社に勤めることになった。銀座にオフィスがあったが、まず会社全般の仕事ぶりを把握するために受付に配属された。

アメリカに居て、日本の社会から隔絶した生活を送っていたので、受付に来る人の背景など推察出来る筈もなく、来客があると、言われるままに社長室にどんどん通して呆れられた。

しばらくすると、大阪に新しく出来る支局への転勤を打診された。考える暇もなくすぐに同

意した。知らない土地に行く興味が、待ち受けるであろう仕事の厳しさよりも優先してしまった。

転勤を決めて自宅に戻ると、珍しく父は激しく私を叱責《しっせき》した。せっかく帰国をした娘が、又飛び出して行く。「少し落ち着け！」と近くにあった電気のコードをぐるぐると手に巻いて、息子ならば手を出せるのに、と憤懣《ふんまん》やるかたなさそうだった。

大阪の朝日新聞社近くに新しいオフィスがあった。仕事は順調に運んでいる、と思っていたが、随分ものを知らない新入りがやって来た、と各社の先輩方は顔をしかめたらしい。記者会見の決まりも知らず、他社が設定した記者会見にすいすいと入って腰かける、手帳を出す、鉛筆を取り出す。とんちんかんな質問をする。

見るに見かねた一人の記者が、まず記者クラブに加入しなくては、と声をかけてくれたが、それにしても貴女の質問の内容は噴飯《ふんぱん》ものだ、ひど過ぎると嘲笑《あざわら》う。

やがて私は彼と結婚した。一九二四（大正十三）年生まれで、私より十一歳年長だった。

この時すでに家庭を持っていた彼が、離婚という手続きを経て私と再婚したのは、一九五九年の八月だった。その四か月ほど前に、昭仁皇太子殿下と美智子さまのご成婚のパレードが厳かに行われた。

いずれにせよ、近年とは比較にならさないぐらい、離婚というものを責める風潮が当時の職場にも及んでいて、夫の背負う十字架の重さは十分だった。急用で私が電話で取次を頼むと、彼の同僚の冷えきったあしらいが電話線を伝わってきたことがあった。

落ち込む私に宛てて、彼は夜勤の勤め先から自宅に速達の葉書を度々寄こした。

「ご機嫌いかがですか、明日の朝お会いしましょう」

夫が勤務から帰宅した後に到着する速達だったが、この葉書は私の甘やかな慰めとなっていた。手書きの葉書は儲けものだったなあ、とコンピューターのなかった時代だからこそ味わえた、やや右肩あがりの筆跡の癖や、諳《そら》んじている文章を時に思い出す。

彼にはすでに二人の息子がいたが、長男の洋樹《ひろき》さんが後の一九九二年に結婚した相手が、台湾生まれ、日本国籍の俳優、歌手、画家のジュディ・オングさんだった。彼らは六年間の結婚生活を経て別れているが、台湾とのご縁がつながった不思議を思う。この話のあらましは、後に述べようと思う。

外出先で捻挫した私に「職場放棄だ」――多忙な夫

私たちの新婚生活は大阪・豊中市の団地でスタートした。

以後およそ七年間、時に東京本社の応援に駆り出され一家で暫く都内に移転したこともあったが、基本的に西宮で暮らした。その間、一九六〇年十一月、私は里帰りをして東京の病院で長女を生んだ。

この頃は、電話回線も不足し急な連絡は、電報を利用するのが普通だったし、時に東京の実家にどうしても連絡しなくてはならない時は、玄関先に置かれた下駄をつっかけて近くの八百屋さんの電話を借りに走ったものだった。

職場の新聞社からの急な呼び出しは電報だった。

「潮岬に台風上陸、出社乞う」

などである。この呼び出しが、死者五千人近くを出した伊勢湾台風だった。一九五九年九月二一日の事だった。

緊急用に雨合羽や懐中電灯などが入ったリュックサックが部屋の隅っこに転がっていたが、そこに下着類を丸めて突っ込み、夫はリュックを背負って迎えの車に飛び乗った。

回線不足や面倒な手続きもあって当時家庭電話を引くのには、かなりの時間と労力がいったが、後に連絡用に特別のルートで設置された黒い電話機は、一切私用の電話はまかりならぬ、との夫の厳命で、団地の一階の居間の窓際にしずしずと鎮座していた

連絡があれば休日でもすぐ出かけられるように、会社に忠義立てをしているような毎日は、女房さえも組み込んでしまって、主婦業も規制されているようで、今思うと滑稽でさえある。

夜勤が重なる不規則な勤務状況の毎日は、住居事情がまだ極端に悪かった当時だったので、昼間寝ている彼を起こさないように、洗濯機の音にさえ気を配る。急に起こされると不機嫌極まった夫だったから、私はしなう先でちょんちょんと彼を突ける釣り竿が欲しかった。

ある日、友人と会うために出かけた先で私は転んで捻挫した。

「お医者さまに一週間は安静に、って言われた」

帰宅した彼に包帯を巻き直しながら言うと、

「職場放棄だもの、知るか」

と言う。自宅を中心に半径一キロを超えた外出は、夫が急な出張の用意などで私を必要とするときに、自宅にすぐには戻れないので、職場放棄だと彼は言った。

終戦を迎えて一二歳で生まれ育った台湾から祖国に引き揚げたものの、高校を卒業と同時に海外に留学したために、わずか六年間の日本の暮らししか知らない女房は、日本で育った女性に比べれば大雑把《おおざっぱ》で、その高をくくったような生き方を、夫は鉈《なた》を振るうようだと感じていて、世渡りの訓練さえ出来ていない、と、大げさに嘆く。

もっとも、異なった性格の二人の意見が完全に一致する場合もあって、そのような時は、人並み外れた力が湧いてくるようで、行く手に障害物などはあり得ない、といったふうな気分にもなる。

報道に携わる夫の日常は忙し過ぎて、二人の会話も間遠《まどお》になり、女房の私は閉塞感に追い込まれていた。

「結論を先に言えよ、結論」

相談事を持ちかけた時の彼の口癖である。

実際、当時の日本の姿勢は、現在の自信に基づく諸般の情勢とは違っていて、国の再建という大きな目的のために、経済効果を優先し、皆が脇目も振らずに、後先考える余裕もなく、とにかく働いていた。

四〇代に入ったばかりの頃だったが、記者として取材すれば見えてくる人間の裏側はきれいごとばかりではなくて、そのあたりも見極めなくてはならない自分の仕事を託《かこ》つことも多くなっていった。また千人は超える仕事柄出会った人たちの、声を聞いただけで顔や形が想像出来る慣れを言って、そのような世間から脱出したい、とも言った。

パソコンも普及していない時代の新聞記者だったが、背広に着けた社章は絶対で、バッチの手前、アウトロー的発想の女房を連れて歩く訳にはいかない。このあたりに、彼が後に海外暮らしを決行した理由の一つがある、と私は睨んではいるのだが。

とにかく、国内では、私がカーディガンを肩に羽織っただけで、苦虫を噛みつぶしたような顔をする彼だった。

辞表を胸に出社する夫――煩わしい人間関係

一九六四年、東京で十月十日から十五日間、第一八回のオリンピックが開催されることになり、夫は応援に駆り出された。

オリンピック開催に間に合わせて「東海道新幹線」が十月一日に開通し、夫の出張に便乗して里帰りする私も娘を連れて、十月三日にピカピカに磨かれた車体に乗って上京した。「夢の超特急」の愛称で、世間の熱い期待を背負った新幹線の開通だったから、新大阪駅や通過する駅のホームは鈴なりの見物客でいっぱいだった。

今は亡い航空機関連の技術者だった義兄は、新幹線を見学かたがた新横浜のホームに立って、新大阪から乗車した私を見送りに来てくれていたが、発車までの数分の間に乗り込んで、座り心地を試したり、車内見学にやや興奮気味だった。

しかし熱心のあまり彼は社内アナウンスを聞き逃して降り遅れ、車両は静かに発車してしまい、一人ホームに取り残された彼の連れ合いで、私の姉が、突然の出来事に、立ちすくんでいた様子を、今も覚えている。

多分、彼はこの事態をやや期待する確信犯だったと思う。気がつけば、もう一組、降り遅れて大騒ぎをしていた人たちもいた。

一九六六年、夫は東京本社へ転勤となり、数か月借家をして、小田急線「柿生」の丘に自宅を求めた。そして六九年三月には次女が誕生した。

四〇代も半ばの頃、夫はいつも茶封筒に入れた辞職願を背広の右ポケットに入れて出社していた。編集局の廊下は外の世間と同じとみなされていたので、どうしても理解が及ばない特定の後輩と「もし一戦を交える時は」――と確かに夫は言ったが、その時は廊下で決着をつけて、即、辞表を出して帰宅すると言っていた。

「えいっ、やぁ」

と、出社する玄関先で、右足を蹴上げて太極拳のような姿を二、三度繰り返す夫は、呆れる私を後目《しりめ》に、いつも手放さないソフトをゆっくりかぶって、やや肩を張りながら丘の道を下って行く。

後年、この有様を知って、夫がいた新聞社の若い後輩が呟いた。

「ああ、火打石で送り出される毎日だったのですね」

言いえて妙な発言は私を苦笑させる。

そんな日が来た時に備えて、遠く那須高原まで住み着く土地を探しに行った事もあった。

「なにかがあったら、一日いくら位で暮らせる?」

と夫は訊ね、当時の物価で五百円あれば大丈夫という私の返事に、ほっとした表情を見せる彼だった。

実際お味噌から梅干し、お沢庵は当然のこと、ほとんどの野菜を育て、柿生の自宅の裏山にタラの芽やノビルを摘《つ》む毎日だったから、かなり自信をもって答えた記憶がある。

しかし、後年当時の日常を訊ねても、夫は一切覚えていなかった。裏山にタラの芽を摘みに行ったこと、野菜は全部私が作っていたこと、蕗の手製の佃煮が美味しかったことなどである。

定年後は海外で暮らしてみよう――第二の人生を

話はさかのぼるが、家計のやりくりに必死だった一九六一年初冬の頃だった、夫がカンボジアの取材から帰国して、

「前科何犯かの人がずらりと座っているようで」

と、今戻ってきたばかりのカンボジアやタイの人たちの穏やかな表情と、当時の東京の電車の風景を比べて嘆いたものだった。

経済の急速な発展は人間性の喪失にも繋がりかねず、そのような社会に与《くみ》して生きていることを思って、娘の進学にいちおうの目途がたつ定年後は、いっときの日本脱出に進路をとろうと言う夫の発案に、私はもろ手をあげて賛成した。

定年まできちんと勤め上げれば、世間も許してくれるだろうとも考えた。

「なんと言うのかなあ，外から見ると、日本の社会がいびつな気がした。これだけ経済が発展しているのに、飛行機のなかで裸の女性が載る雑誌のページを堂々と開いて読んでいる一見紳士風の人もいるし、週刊誌は売らんがための記事が満載だし、体がぶつかっても、失礼、の一言もない人が多いし、パチンコは大はやりだし、国全体が地に足を付けていないように見え

てきた」そして「なんだか安っぽい」と夫は言った。

ある日、

「整形してみたい」

と、夫がとんでもないことを言ったことがある。

「何ですって、あの顔を直す整形のこと？　その顔で十分だと思うけど」

「違うよ。人格は変わらずに、顔が変わったら、人はどう接するか、見てみたい、全く違う顔で出社してみたい」

びっくりしながらも、職場における夫の鬱屈が言わせた言葉であろうと気がついて口をつぐんだ。

夫は「職業を間違ったかもしれない」と言い、服飾デザイナーなんて向いていたかもしれない、という。

結婚以来、彼の好みの服しか着られなくなったほど私を調教した訳だから、彼には独特の主張が確かにあった。デザイナーは夫にとって、適職だったかもしれない。

さて、海外へ脱出することは、とりもなおさず煩わしさからの遁走《とんそう》でもあって、物心両面の「捨てていく暮らし」に結びつく。

私にとっても、前に触れたように、「捨てて行く暮らし」は理想であった。台湾から引き揚げてきた体験が、原体験となっていて、本来の性格とあいまって、終《つい》は小さな部屋に住み、もろもろの約束事から解き放たれて終えたい、と思っていた。

そのコアになるところに、ふと口をついて出る歌がある。

『神田川』というフォークソングだ。一九七三年にフォークグループの「かぐや姫」がリリースしたもので、神田川のほとりの、「三畳一間」の下宿で暮らす学生のつましい青春を象徴したような歌だけれど、この歌が誘う、写真のフィルムのネガを見るような、奇妙な感覚は、私にとっては時代背景を伴ったノスタルジックな世界でもある。

青春の一時期を海外で学んでいただけに、それゆえに、『神田川』を聴くたびに、私は逃してしまった、もしかしたら宝物だったかもしれない日本で過ごせた青春の日々を思って、ふと胸が疼《うず》く。

一方で、海外への脱出を思うとき、私は自縛せざるを得ない宮仕えや、約束事の多い社会に捕われ続けている夫自身を、そこから解放してあげたかったのも事実だった。

実際、彼が五五歳で定年を迎えた翌一九八一年、私は夫を一人でインドに送り出したことがあった。定年を機に、長年の勤めで疲れ切っていた身心を解放してほしい、と願い、知りもしないのに、ベンガル湾の赤い夕日に魂がとろけるはずだ、などと言ったものだ。

目的地をインドにしたのは、彼がヨーガに興味を持っていたからだった。定年直後で懐《ふところ》具合の心配もなかったから、彼の気の済むままに、滞在してきて欲しいと願っていた。

ヨーガ道場の先生から、自宅のある山奥の修行場に誘われたけれど行かなかった、と帰国し

た彼から聞いて、咄嗟《とっさ》に
「勿体《もったい》ない、なぜ行かなかったの？」

と叫んだ覚えがある。

「私だったら、すっ飛んで行っている。そうして何ヵ月かは帰らない」

「だろうな」

と夫は言った。言わずもがなに、彼のそうは出来ない理由が、私の存在にあると感じて、この時ばかりは、申し訳ないと口をつぐんだ。

さて、国外に脱出する話が具体的な形をとりはじめたのは、夫が五五歳で定年となる一九七九年を数年後に控えた頃だった。

あれこれ考え併せて、二人の娘たちの進路が決まるまでを、当時、九州の高原に持っていた、後に山小屋を経営した小屋に移り、やがて海外滞在型の旅に目的をしぼろう、ということにした。

狭い枠に閉じ込められずに、外から祖国を見たら、見えてくる物があるのではないか、思考の回路があるいはとんでもない方向に動き出すかもしれない、と二人で語り合う夜が続いていた。

第Ⅲ部　世界あちこち二〇年――放浪夫婦が求めたものは

いよいよ定年、高原に移住――大分県の塚原高原へ

一九七一年、夫がふたたび転勤となって古巣の大阪本社に戻ると、一家は兵庫県西宮へ移動した。長女は小学五年生、次女はまだ二歳だった。

一九七九年末に夫は定年を迎えるが、それを見越し、一家で暮らす拠点を考えて、大分県由布岳の麓の塚原高原に、六百坪あまりの土地を譲り受けたのは、やはりその頃だった。福岡に住む姉と、その友人が所有していた土地だった。

その後、何回かのボーナスを全部そちらに回して、一七坪の小さな小屋とテニスコート一面を造成した。

小屋の建つ原野の奥の雑木林の一角に、坪一万円を支払ったが、せいぜい坪が三千円で売買されている、と地元の人の嗤《わら》いの対象になっていた。一九六〇年代後半あたりの、都会の土地の狂乱物価に麻痺していたせいだったが、状況も判断せずに、自分から付けた坪の単価だった。

しかし結果的に次の人生のスタートを切れた訳だから何も言うまい。

一九七〇年代、第四次中東戦争が引き金になった第一次オイルショックと、イラン革命が引き金となった第二次オイルショックで、石油価格が高騰して世界経済に大きな影響が出ていた。日本経済も混乱していたが、まさにショックがピークを迎えようとしていた七九年末、西宮の家を処分すると、定年の辞令が下りたその日のうちに、夫の母と小学生だった次女を連れて、九州に向けて神戸港から一家はフェリーの客となった。親元を離れ学業半ばだった長女を置いての旅立ちだった。

長女は、当時キリスト教、セヴンスディ・アドヴェンティストが母体の千葉県にある短期大学の寮に居た。

聖書にのっとり、菜食を貫くこの学校の短大を最初に長女のために選び、やがてアメリカの同じ系列の大学に留学させたのは、夫だった。たまたま西宮に住んでいた当時、隣の教会の木陰で、三々五々黙想しているアメリカの青年男女がいたが、親しくなってみれば、礼儀正しく、穏やかで、他人に優しいこの人たちを育てた背景を羨ましく思ったのがきっかけだったと思う。若い彼らが学ぶ学校では、競争の原理は通じず、従ってテニスをしても勝敗はないという。

聖書の教えにのっとった教育は、娘の人格形成の上で、貴重なものになるだろう、と夫の希望でわざわざ千葉県まで見学に行った。その上でやや強引に娘を入学させたのだった。

事実、寮生活を始めた娘は、学用品などが急には買えない寮生の部屋のドアの下に、友人からの援助が無記名の封筒に入れられて差し込まれたりする、と他人を思いやる優しさを報告してくれたことがあった。

当時日本の学校は荒れていて、教育畑の担当をしばらくした夫は、問わず語りによく取材先の学校の荒れようを言っていた。職員室の机の上を渡る小学生もいる時代だった。

塚原高原に用意しておいた小屋は、一家には手狭だったから、一年間最寄りの市にある新聞社の通信局に一時的な住まいを確保させてもらい、やがて別棟が完成するのを待つことになった。

先行き暮らす塚原高原には、天然記念物のエヒメアヤメや、環境庁の絶滅危惧植物に指定されているヒゴタイがひっそりと咲く窪地もあった。

草丈が一五センチほどのエヒメアヤメも群生していて、見慣れたアヤメのミニチュアみたいな、可愛らしい花をつけるが、和名を〈たれゆえそう〉と知って以来、この花への愛着はますます募る。

『みちのくの　しのぶもぢずりたれゆえに　みだれそめにし　われならなくに』〔河原左《かわらのさ》大臣《だいじん》〕が咄嗟に浮かぶからである。

ヒゴタイは瑠璃《るり》色のゴルフボールのような花をつけて、初夏を彩る。

枯れたススキが土色に横たわり、荒野に吹く風がひゅうひゅうと鳴る師走には、ぽつんと西を向いて据えられたススキの原のお地蔵様の「家内安全」の幟《のぼり》もちぎれるほどにはためいて、いよいよ本格的な雪の季節の到来を告げている。

一九八一年の初冬に、小屋のすぐそばに二階建ての延べ六〇坪の家が完成した。二階に四部屋、下に吹き抜けのサロンとダイニング、台所と八畳の居間を備え、杉板を外壁に張ったが、玄関前の道路を挟んで数年前に造ったテニスコートがあった。大手の建築会社に頼んだ建築は、立地条件が悪いために、費用がかかり、西宮の自宅を処分して出来た四千万円はそっくり消えていった。夫は生活の拠点を移すのだから、売れた値段で収まるのならばそれでいい、と頓着しなかった。

朝早く、中学生になった次女をバス停まで送っていくと、キジが羽を持っているのを忘れて、とことこと歩いて露払いなどしてくれる。バスのテールランプの灯が遠く靄《もや》の中に消えるのを待ってけもの道を戻るのも日課となっていた。

山小屋を開業——第二の就職？

高原にいったん落ちつきはするものの、いずれは慣れきった日本の社会から離れて、全く未知の世界を見てみたい、と彼は言い、私も少女の頃から、全てが規定通りに動く日本の社会に息苦しさを覚えていたこともあり、国を出て海を渡ることにひとかけらほどの躊躇もなかった。

不便さも厭わずに高原の奥まで訪ねてくれる人も増え始めていたので、以前から考えていた山小屋の経営に踏み切ることになった。一九八一年の六月だった。

『ハートブレイクホテル』という名前はどうだろうか、とある日夫がふと言った。寂しすぎるので、これは取りやめとなった。しかし、後に考えてみれば、この命名は、夫が常にまとっている、かすかな虚無感らしきものがそれとなく漂っていて、彼らしい。そう命名すればよかったと今にして思う。

娘たちの学費は確保出来ていたし、別に多少の蓄えと、退職金もあったので、降る日、照る日を案じて客の入りを心配することもなく、細かいことにこだわらずに済んだ宿は、客にも恵まれて、私はあらゆる職種の全く知らなかった世界に視野を開けさせてもらった。

山小屋が開業すると、夫には約束の時間に縛られない生気を取り戻したような毎日が始まっていた。

ある日、かつての職業柄もあって客と談笑する夫に

「それでは外交係をお願いします」

と言えば、彼は、

「客を峻別《しゅんべつ》するぞ」と言う。

「馬鹿な事を言わないで。こちらが峻別されます」

それでも夫は、

「時間にとらわれない暮らしが一番うれしい」

と言って、慣れないジーンズを穿いて、ポケットに両手を突っ込んだカウボーイを真似た格好などをしはじめた。お気に入りの『国境の南』を口笛で吹く日が始まった。

経営は順調に運んだが、その理由の八〇パーセントはあたりの雄大な景色と、心優しい客たちに恵まれた結果であろう。

収入は在職中の夫のそれを下回りはしたが、夫は企業年金を七年間受け取り、その後は半額となるが命終えるまで頂戴出来ることになっていたし、一九八四年からは企業年金と厚生年金が重なって、経済的にはかなりゆとりもあった。

西宮の自宅を処分した四千万円はそのまま山小屋に移行したけれど、退職金などは手つかずで置いておけたし、娘たちの学費も確保してあったので、山小屋経営は、恵まれた第二の就職と言えないこともない。

山小屋の営みも三年目に入った頃から、そろそろ元気なうちに、生活環境を変えてみたい強い希望が募り始めた。

「鉈」で切るような、大雑把で強引に物事を進める女房と、「剃刀《かみそり》」のように繊細で細かく物事を考える夫は、うまくそりを合わせて暮らしていたが、彼は日本的な世間の目が行き渡らない海外ならば、私を自由に泳がせて、サメが襲ってくるときだけ、笛を吹けばよい、と言い、事実そうしたが、実際のところ、夫の小言が極端に減って、私は青春を取り戻したような気さえしていた。

飛んでシンガポール——一家四人の海外旅行

一九八二年一月、最初の目的地をアジアに決めて、期待に膨《ふく》らんだ胸を抱えて旅はスタートした。

短期大学を卒業した長女が、アメリカ留学を希望していたが、宗教色の濃い学校で純粋培養された彼女をいきなり遠いアメリカに行かせれば、「風邪」を引いてしまう、と案じた夫は、まずアジアを見て、自分の立ち位置を確認させるべきだと主張した。

英語教育が徹底しているこの地の大学で、まず英語に慣れるのも一考だ、と諭《さと》す。

中学生だった次女も連れて、一家四人の初めての海外旅行である。

当然、住みやすそうな国ならば、自分たちもいずれ滞在したい気持ちもあった。

アメリカの作家、アーネスト・ヘミングウェイが滞在した格式のあるホテルまで、空港から一直線にタクシーを走らせる。窓辺に赤いブーゲンビリアが鮮やかで、旅に出た実感がじわじわと湧いてくる。

並木が濃い陰を作る中心街のオーチャード通りを往く人は、皆ゆったりと足を運び、気づけば、自分を含めて足早なのは、日本人の観光客やビジネスマンらしい人たちである。

当時のリー・クアンユー首相が、経済国家でもある「日本に追いつけ、追い越せ」を政策に掲げた結果、経済の発展に重きが置かれている様子だった。また道にごみ一つ落としても罰金だそうで、なるほど、街は清々としていた。

ある日、世話になったある駐在員の夫人が出先で落ち合った学校帰りの息子に、重たそうな鍵の束を渡すのを見た。

「お宅に入るのに、そんなに鍵がいるのですか?」

「ええ、全部必要なんです。まず表の門に上下二つ必要です」

それから、玄関の上下に二つの鍵も、ドアの下にも、と彼女は続けた。

言葉を聞いて、これから老いを迎える我々には、この国に長期滞在をする意味が全くないと悟ったが、当時と比べれば、日本だって沢山の鍵を必要とする時代になりつつある。

人口の七五パーセントが中国系と知れば、この国の中国料理の美味しさに合点《がてん》がゆく。市場の隅ではお皿を洗う人たちが、肘まで洗剤の泡に浸して、むしろ楽し気に談笑しながら仕事に励んでいる。今は解消されているだろうけれど、当時はこれも住むための不安材料だった。

水は豊富に供給されてはいるが、この国を旅して漠然と感じる不安は、大きなパイプを通して、マレーシアから大部分の水を買っているという事実だった。一〇年ぐらい前から、マレーシアが値上げに踏み切ったこともあって、シンガポール政府は総力をあげて、新生水(使用済みの水を再生する)の研究に必死だと聞いた。

古い雁木《がんぎ》作りのインド人街を歩くと、サリーを商う店の溢れる色彩に息をのむ。天井から隙間なく垂れ下げられたサリーは輝いて、まるで星が降るような美しさだった。対照的に奥まった店の隅っこに、店番らしい男が暗い目をして座っていた。

中学二年生だった次女を、何事も経験、と現地の中学校に体験入学をさせてもらったが、この日、彼女は怯えた様子で帰宅をした。言葉も全く分からず、せっかく持参した折り紙も彼らの興味を引かなかったようで、良かれと思ってしたことだったが、これは両親の行いが無謀に過ぎた。

長女の留学の問題も、専攻したい学科がなくて、諦めることにした。

抜けるような空の青さと、咲き競う熱帯の花の美しさの陰に、秘めやかな逢瀬を感じさせるヨーロッパからの観光客も目に触れて、大人の街という印象が強い。実際、セントーサ島に渡るケーブルカーを幾度か往復しながら、乗り合わせた私たちを一瞥もせず、じっと海を見つめる男女がいた。彼らの行く手は、多分決して幸先のよいものではなさそうで、その後どのような話となったのか、気がかりだった。

戦後初めて台湾へ——記憶と現実の落差

一九八二年三月、シンガポールの帰途立ち寄った台北の、かつては高く、青かった空は鉛色にくすんでいた。

幼い頃に自宅近くで目に焼きついていた、青田の稲の間を鋤《すき》で耕して雑草を取り除いていく水牛や、上に乗って「ほうほう」と呼ばわりながら作業する少年の姿などは全く消えてしまって、育った台北市大安十二甲一帯は、住宅の密集地に変貌を遂げていた。

台北の道は、記憶とは違って、紙屑が舞い、側溝は整備されず生活汚水が溢れてはいたけれど、無秩序な人の動きや、極彩色の寺院の壁が醸《かも》し出す雰囲気は、これこそ私の郷愁そのものだった、
ついさっきまで居たシンガポールの町の清潔さとの落差に、追いつけないでいる娘たちに、必死で台湾の肩を持つ私がいた。

「たまたまごみを拾う風習がないのよ、この国は。でも家の中はひんやりと整って清潔なのよ」

お茶屋さんの店に入ればすぐ目の先で、昼食のおかずのお皿をいくつかテーブルに並べて、使用人らしい人や、主人らしい人たちが、それぞれのお箸を持て余し気味に持って、お皿を突いている。見て見ぬふりをしながら、娘たちの興味は募っていく。

「これも習慣なのよ、欲しいものを欲しいだけ取って食べるなんて、合理的でしょ」

「でも、みんな自分のお箸を突っ込んでる」

「みんな忙しいのよ。気を許せる仲間内の食事だもの、それに一皿一皿に熱を通してあるの。サラダなどの生野菜を食べる習慣はないの、衛生的じゃない？」

私たちが訪問したころは、まだサラダなどは食堂でも普及していなかった。

翌日、五年生まで学んだ戦前の幸《さいわい》国民学校の校舎に、息を整えて足を踏み入れた。生徒の帰った校舎は静まりかえり、かつて遊んだ鉄棒があったあたりでは、ユーカリの木陰で幼い子供を遊ばせる母親らしい姿が見える。

記憶にある筈の校舎は、全く見知らぬ人を見るような目をして私を見下ろしている。もっと暖かく私は迎えられる筈だった、拒まれて、溢れる涙に困惑しながら私は無機質の校舎の前を去りあぐねていた。

結局、私が求めていたのは、この学び舎《や》でともに過ごした先生方や友人たちとの、時間だったのだ。

私はこの学校の隣に住んでいた。始業のチャイムを聞いてからでも、学校の垣根をくぐれば間に合った。

学校の前の田圃《たんぼ》は二毛作のために、いつも青々と広がっていた。

ある日、畔道《あぜみち》でバッタを追っていた時、つらい労働から遁走を試みたらしい水牛が、畔道を狂ったように駆けてきたことがある。とっさに田んぼに飛び込んで、稲を倒しながら、泥に埋まって難を逃れたことがあった。

しかし、このときを別にして、水牛は、こびりついた泥がカサカサに乾いた巨体と優しい瞳をして、いつも身近な風景の中にいた。あるときは校庭にまで、垣根をかき分けてのっそりとやって来たりした。もうそのような風景は、むしろ幻覚に過ぎないようだった。

憑《つ》き物が落ちたような台湾の旅は続いた。

当時はまだ三八年間に及んだ戒厳令が施行されていて、それはかつて統治していた日本からの情報を完全に遮断するものだった。うまく税関をくぐり抜けて持参した雑誌『文藝春秋』を人前で読むのも、はばかられた時代だった。

終戦直後に戦勝国として大陸からやってきた蒋介石の国民党政府軍に対して「同胞」を期待した台湾人が、やって来た軍隊の、あまりの無秩序ぶりと暴力や賄賂による施政に反発して、一部が暴徒化したのが戒厳令の始まりだった。

蒋介石軍が敗残兵のように、あまりに期待外れだった結果、その反動として、日本の統治時代を比べる人たちが、「日本恋し」に傾いたようだ。

しかし、植民地支配は当然心ある台湾人に受け入れ難かった筈で、清《しん》国から日本が台湾を割譲されて以来、独立を訴える人たちが多く歴史に名を刻んでいる。

山小屋を閉じて「旅」の生活へ——助走期間を終えて

この台湾への旅のあと、日ならずしてスペインへのパック旅行に参加した。硬質な手ごたえのスペイン人の気質は、直前に訪ねたアジアの人情の対極にあるように感じながら旅を終えた。

いったん海外の旅を経験してしまうと、その魔性に引きずられ、繁昌していた宿を五年を待たずに居抜きで閉じることにした。

これから商売のうまみが出るというのに、と言われながら宿を閉じたが、それでは商売のうまみを出そうと努力をしたことがあったかしら、とふと思う。

朝と夕食を込みの宿泊料金は七千円か八千円頂戴していた筈である。夕食はヒレのステーキとお魚の一皿も添えたコース料理で、スープも時間をかけた手作りだった。特にコンソメには私なりのこだわりがあった。その日客に頂戴したお金を摑んで翌日の客のために別府のお肉屋さんに飛び込む。ちょっとお肉の塊を指で突ついて吟味する有様は、一端《いっぱし》の料理人であった。

客がそのまま助っ人となって手伝ってくれるような宿は、フル回転をしても一泊一〇人がせいぜいで、夏のシーズン以外は閑散としたものだった。しかし年に均《なら》すと五百人ぐらいの客を迎えたことになったのではないか。資料もなく、収支が分からないが、夫が勤め先から頂戴していたお給料には及ばなかったけれど、不足を感じたこともなく快適な日々が過ぎていった。

思えば、親しい友人たちを毎日家に招いてご馳走をする感覚で宿は営まれていた。

やがて、商売となると、わがままも言えず、忙しさに埋没する暮らしの愚が分かると、居てもたってもいられなくなっていた。

一九八四年十二月、夫が還暦を迎え、公的年金を受け取るようになった。企業年金も定年後七年間は保証され、その後は半額となるということだったが、先行きの家計を案じることもなく、宿を閉じることにした。旅に出やすいように自宅を成田空港に近い千葉県に移すつもりだった。

高原はススキが銀色の波を打つもっとも美しい季節を迎えていた。山小屋は、建てた時よりも少しの欠損を出して手元を離れた。

山小屋経営は、忙しい報道の仕事に明け暮れていた夫が、肩書を捨て、女房の私も縋《すが》っていたもろもろの恩恵を絶ち切って、第二の人生に向けての助走期間だった。

定年と同時に世間的な執着を捨てることは出来ていたが、事が物心ともに本格化するのは山小屋を閉じてからであった。一緒に九州に渡った夫の母は、高原の寒さに馴染めなかったせいもあり、この頃すでに夫の弟が住む京都に移っていた。

やがて、長女は、卒業した学校のアメリカの姉妹校、医科大学として知られるロマリンダ大学留学に踏み切り、高原に入った当時は中学生だった次女は、長崎の私立高校で寮生活に入る。しかし一年生の秋には、サンフランシスコ近郊で大学を終えてやがてプレスクールの教師になる長女を頼って、アメリカに渡ってしまった。

二人の留学は、菜食主義を貫く学校の宗教的な指導方針に共感したからでもあったが、アメリカという国は、良いも悪いも娘たちに一度は通過しておいて欲しい国でもあった。

東京で娘を私立の大学で学ばせるための下宿費用や旅費など諸経費を考えると、あたりには喫茶店すらない郊外のアメリカの大学で質素な寮生活をさせるのは、渡航費は別にして、むしろ楽だった。

二人を出してしまうと、海外の旅が気楽になった。旅の帰途、娘たちの様子を見に、必ずアメリカに立ち寄ることにしていた。

『親があっても子は育つ』――さすらい親の思い

山小屋を閉じる頃には、二人の娘たちの進路も決まったが、末の娘は多感な時期に、阪神間から慣れない地方暮らしを経験させ、やがて、長崎の伝統のある高等学校に入学させたが、環境に適応するには、彼女なりの葛藤があったのであろう、高校の一年生の時に自分で選んでアメリカに渡って行った。

その前に、クラス担任と話すために、塚原高原から三時間近くをかけて末の娘が寮生活をしている長崎の学校まで出かけたことがあった。

しかし、二回にわたって、歯痛や親の病院通い、とやらで躱《かわ》されて、教師への不信は募る一方だった。この教師は、娘の他の教科の女性教師への私信を無断で開封する暴挙にも出ていたので、彼女の転校は私たち両親の納得のうえでの決断でもあった。

この娘の場合は、とくに、狭い日本の社会の枠に閉じ込められないで、新しい発想で生きて欲しいというのが願いだったが、当然、高校を出たばかりで留学した母親と相似形になるのでは、と父親は危うんだ。

留学はさせたけれど、二人とも学生時代はTシャツぐらいしか買ったことはない筈だ。

「お姉ちゃまは、呪文《じゅもん》を唱えて買い物をする」

と、ある日サンフランシスコ近郊の留学先で、末娘が私に告げたことがあった。

「私は、本当はここに出入りするような人間ではない、と言ってからお店に入るの」

呪文を唱えて入る店は、救世軍が寄付でまかなう店で、学生のために無料に近い金額でベッドや教科書のお古や洋服を売っていた。つまり慈善と言う名前の施しで成り立っていた。

実は母親の私だって、留学時代はもっぱらその類《たぐい》の店でお世話になっていたが、しかし、娘と違ってそのような店に入ることに今でも全く抵抗はない。むしろ、ふと安堵している自分に気がつく。使い古されたものが持つ、語りかけるような気配に囲まれる安らぎとでも言おうか。

今でもアメリカの旅行先で時折立ち寄るそのような店では、日がな一日売り物のソファーに座って、出入りする人に話しかけている老人の客を見ることがある。淋しいのだろうなあ、と、その身の上を推し量ったりする。壁にかかった時計で時刻は分かるのに、彼は時々立ち上がっては、ソファーの前を横切る客に時間を訊ねていた。

あるいは二ドルの古いシャツを買うスペイン語を話す親子がいる。店を出ると、表の道路で早速着替えて、いそいそと二人が向う先は親類の誕生パーティだろうか。

もっとも自分の履いていた靴を商品のそれと履きかえて、店を出る青年も見かけたことがあった。これはメキシコでもよく見た光景だったが、台の上に青年が置いた彼の靴は、以前からそこにあったように、すっかりまわりの風景に溶け込んで、のんびりとあたりを見回していた。

さて、無理をしながらも、娘たちには十分な教育を配慮したつもりではあったが、末娘は、ときどき自分の情緒が安定しないのは、学生時代に帰りたいときにいつでも両親が転々としていて、何処に落ち着いたらよいのか、分からなかったからだ、と嘆く。

伝統的な日本の祭りごと、お雛様やお月見、お正月のおせちなどは、祖国の風土で彼女たちが育つ過程で十分に体験してきているので、日本に生まれた自己認識は、母である私とは違って出来ている筈だ、だから、心の平安を自律させるのは「あなたの問題」だと彼女の不満を封じることもする。

娘たちが海外留学を果たし、時にその後、海外に住んでいた親を訪ね歩いたことは、小さな不満があるにせよ、やがて大きな彼女たちの財産になると信じていた。

さすらいながら生きるのが目的のような親の暮らしぶりでは、子育てに関しては、作家坂口安吾が『不良少年とキリスト』で言った「親があっても子は育つ」が至言かもしれない。

成田空港の近くに家を建てたが……——粗忽《そこつ》さ故の失敗

宿を閉じて、成田空港には車で一時間の距離の、海外に出やすい千葉県の一宮市に家を建てた。一九八六年のことだった。

しかし、せっかく建てた家に二年も住み着かずに転宅しなければならなかった。そのような愚かなことをしたのは、夫婦が持つ粗忽《そこつ》さ加減が先走った結果だった。

この六〇坪の海沿いの土地に建つ家は、外壁が居間の壁となるような、メキシコやスペインの家屋を真似た設計をし、大きな藤棚をスペイン風の中庭《パティオ》に見立てて、門を入った中央にしつらえてみた。しかし地元の、お寺ばかりを修理して回っている大工さんに頼んだ建築は、やはりなんとなくちぐはぐで、アーチ型に頼んだ門には、仁王様でも置きたい風情《ふぜい》であった。これは失敗作だと思っている。広い居間と八畳の部屋に台所、それとは別に中庭を挟んで別棟に二部屋とお風呂場が出来ていた。

しかし、先に記したように、この家を二年足らずで引き払わなければならなくなった訳は、建築を始めた隣家が、その筋の人の家だったからだ。何でも関東一円を仕切る組の親分さんとかで、地元ではむしろ親しまれている人だと知ったのは後のことだった。

自宅の建設はあらましの設計図を引くことから始まる。

図面を引くと、いずれ完成する家で暮らす自分たちが想像出来て、それは精神の自由までをも約束されるようであった。安普請《やすぶしん》でも多少の無理を覚悟で土地を求め家を建てる。家を造り、転売して移転することで、その余剰を教育費、娘たちの結婚費用、異国への旅の旅費などに使ってきたが、山小屋を閉じて以来、一切収入はなかったので、消えていくしかない資産の歯止めをかけたかったのが、自宅を持つ理由でもあった。大地に直接両脚で立つことの出来る動物的な安堵感が、それをさせているとも言える。

加えて一年の半分は旅先にあったので、不測の事故が起こっても、帰国して、籠ることが出来る自宅を持っていることは、旅に出る際の最低の安心の条件となっていた。

しかし、夫はまだ完成前の家の前に立って、

「もう飽きたなあ、この家に」

などとんでもない言葉を呟くのである。

慌てて移った先は、一つおいて隣の町大原にあった。仮住まいの気がして、急いで四五坪しかない土地に建てたが、玄関の前は二メートルも行けば入江で、二階に海を望む部屋があって、防風林の松林の向こうは遮るもののない太平洋だった。

しかし、先のコスタリカへの旅で、快適そうな家を見つけて買うことを決めていたので、結局ここにも二年ぐらいしか住んでいない。後に述べるが、かつてメキシコでもらった肝炎を治療するために、夫は本ばかり読んでひたすら静養につとめていた。

やがて、近くに広々と芝生の広がる別荘風の家を借りると、家財すべてを移し、入江の家は売却の手続きをしてコスタリカに移る準備は完了した。

信条でもある帰る拠点を失くしたこの期間は、やはりなんとなく不安だった。

海外では家を借りたり、購入して暮らしたけれど、そこに展開されたのは、鬱蒼と木々の茂る庭のある家だったり、日がな一日プールが陽を照り返す庭とブーゲンビリアが咲き乱れる垣根をめぐらした家だったり、レモンの木が百本は植えられた丘の家では、柵の向こうで馬がのんびりと草を食《は》んでいたりした。

全ての借家には十分に無駄な空間があった。借家の場合は、メキシコは当然のこと、インドでも家具と台所用具が全て揃っていたのである。おまけにメイドが週に一度回ってきてくれていた。

日本より貨幣価値が高い国々で、年金暮らしを前提にするにしろ、住に関する限り、日本では到底味わえないいろいろな贅沢な種類の家を十分に堪能してきた。

月のお家賃は、当時のお金で二百ドルから三百ドルまでの間だったと記憶する。

「転々と移り住んで、地元のことをどう思っているのですか」

と、ある日、後に住んだ山口県光《ひかり》市で建築を請け負った男性から聞かれたことがある。

彼の言わんとするところは、突然地元にゆかりもない人間が、彼の生活圏である地元にふらりと入ってきて、住んで、又立ち去るのは、良いとこ取りなのではないか、営々と努力して地元を守る人間に、どのような申し開きが出来るのだろうか、という意味のことと、私は受け止めた。

大地が誰のものでもなかった時代を想像して欲しい、とその時私は言いたかった。海外の旅を重ねていると、たとえ太平洋が間に横たわっているにせよ、大地は誰をも受け入れてくれるという実感があり、狭いセクト主義を作り上げているのは、人間なのだ、と考えていたからである。当然国内の移動にもこれは当てはまる。

引っ越しのときに、こちらからよろしく、と近所に挨拶をするのは、日本独特の風習らしく、西洋、とくにアメリカでは、反対にこれから住み着く家の近所の家庭がケーキなどを持参して、よくいらっしゃいました、これから仲良くしましょう、と挨拶に訪れる。お返しにクッキーなどを持って訪問をして、引っ越しの儀式は終了する。親しい友人は、引っ越す度に餃子《ぎょうざ》を揚げて訪問すると言っていたが、これがとても受けるらしい。

片方は狭い村社会のような環境で生きざるを得ず、ならば新参者の挨拶は必要不可欠であり、もう一方は新しい隣人を受け入れて、敵対意識のないことを表す必要性もあり、何よりも広大な大地に住む人間の、他者を受け入れるゆとりのある、自然な感情なのであろう。それが多民族で成立つ国に住む人たちの知恵かもしれない。

何処に住みつこうが、数日で人慣れをする私は、着地したその日から、特殊な嗅覚で、市場や地味《ちみ》などを探り当てて、日々は快適に進行する。

夫婦そろって小学校に入学——メキシコ・クエルナバカ

ある日、一九八六年だったか、メキシコシティ郊外にあるテオティワカンのピラミッドで、月のピラミッドから太陽のピラミッドまでの小学生の徒競走に参加した。

歴史的な遺跡でもあり、かつて生贄《いけにえ》を捧げた斎場でもあったピラミッドで、歓声を上げて、一列になった児童たちが走る。父親が伴走する、おじさんが走る。母親も転ぶ。四百年以上も前の土埃が舞い立つ。

大分に住むメキシコ人の女性から習ってはいたが、スペイン語の力不足を痛感して、小学三年生の教室に入れてもらった結果の、校長の厚意の遠足だった。現在はこのような呆れた運動会は規制されていると聞く。

私立の学校だから、校長の一存ですべてが決まる。ピラミッドの遠足も校長の意向は絶対で、彼の昼寝のために、帰りのバスは大幅に遅れた。今度逢った時には、「サキ」を酌み交わそう、と五〇代の校長はいつでも陽気だった。

さて、お尻が半分しか乗らない椅子に座って、学校生活は始まったが、勉強どころではない。子供たちの優しさが溢れていて、可愛らしく滑稽で、それに感動ばかりしていたからだ。

担任の教師による私たちの紹介が終わると、子供たちは、大切なものを歓迎の印に、と捧げ持ってきてくれる。半分の消しゴムだったり、おやつのチョコレートのひとかけだったりした。くるぶしを痛めて包帯をした私に、近寄って、そっと手を添えてくれる男の子がいた。しょっちゅう忘れ物をして、落ち着かないその子は、先生から罰として体を自分のカーディガンの袖で椅子の背に縛られているので、椅子ごとガタンガタンと移動してくる。

「痛むの？　お医者さんに行ったの？」

うつむいて包帯をさわるので、背中の椅子が一緒に傾く。

スペイン語のテストで、横眼で私の答案をカンニングした女の子は、あとで、

「さっきはありがとう」

と、カンニングした事実を認めて、消しゴムのかけらをそっと手渡してくれた。

一〇時には軽いスナックをとるが、大切に抱えたボックスから、少ししかないビスケットをどうぞと持ってきてくれる子もいた。

発達障害のある児童が一人、毎朝母親に付き添われてやってきた。匍匐《ほふく》前進して教室を這うその女の子は結構いたずらで、児童たちの足をさわったり、手に触れたりと落ち着かない。が、子らは優しくて、触られた手を払うでもない。授業が終わると、女性教師は駆け寄って、大きく大きく彼女を抱擁した。

その後、三年経ってお酒を持って訪ねた時には、学校はきれいに消えていて、跡地にはキンポウゲの花が一面に咲いていていた。

クエルナバカという日本人には愉快な地名の場所が、メキシコシティから一時間ほどの距離にある。ついでにトラッケパケというスキップしているような名前の街もある。私にとって極め付けの好きな言葉は、幼児にお話を聞かせた母親が、最後に言う「コロリン・コロラドはい、おしまい」だろうか。

さて、かつて評伝『ワトソン・繁子――バレリーナ服部智恵子の娘』を書かせて頂いたワトソン・繁子さんもクエルナバカを終《つい》の棲家《すみか》となさって二〇〇三年にこの地で亡くなっている。私が一〇年近く温めていて、ようやく評伝に取り掛かり、その完成が目前だった時に去って逝かれた。お若い頃、彼女は日本のバレエ界の草分け的な存在の、「服部島田バレエ団」のプリマだった。バレエ団の主宰者服部智恵子さんの娘でもある。

ご主人の故スタンレー・ワトソン氏は、アメリカの情報局、ＣＩＡの職員だった。日本に原子力利用を導入させた、アメリカ側の人間の一人だった。勤務地として世界を回られた上で、この地クエルナバカを夫妻が選ばれた理由は、他人があれこれ推察出来る範囲を、多分超えてはいるだろうけれど、それでも、「受け入れる」といった土壌に、どれほどの安らぎをワトソン氏は見出されただろうか、と私は思っている。仕事柄、ご自分の耳をふさぎたくなるような、大きな反省や悔いも当然にあったであろうが、メキシコという土地は、そのような個人の悩みさえ、解き放してしまう力があるようだ。

温暖な気候や、物価の安さ、人の笑顔などにひかれて、多くのアメリカの定年退職者たちがやってくる。多分、彼らはメキシコやコスタリカを自分たちの裏庭とでも思っているようだから、立ち居振る舞いは極めて自然だ。

彼らの多くは除隊した連中らしく、街のカフェで憩う様子も、それとなく序列があって、階級の上の人はまず上席に座る。しかし、そこはアメリカ人、表を通る若い女性に「ケ・グアパ！」（なんて美人なの）と声をかけるのに上下はないらしい。

最も、米墨戦争（一八四六〜一八四八）で領土の半分、つまりカリフォルニアやニューメキシコを失ったメキシコは、もろ手をあげてアメリカ大好きという訳にもいかず、ひそかにアメリカ人をグリンゴと呼ぶ習わしが出来上がっている。当時アメリカ兵の軍服は、緑色だったから、早く立ち去れと、グリーン　ゴー　ホームの省略なのだ。

ここでも語学校に通ったけれど、あまりにアメリカ人が多く来るために、語学校は全くアメリカナイズされてしまって、メキシコにいる気がしなくて辞めてしまった。

メキシコの市場に行くと、千は超えるであろう店が、迷路のように入り組んだ通路沿いに並ぶ市場は、その規模から、あるいは崩壊したピラミッドの、残っている一部を利用しているのではと言われてもいる。この市場にないものはない。葬儀屋さんも片隅に店を出していると聞いて探してみたが、二時間歩きまわっても見つからなかった。つまりそれ程広く、迷路で成り立っている市場だった。

小学校のピラミッドの遠足といい、暗くてちょっと気おくれする迷路の市場といい、この国はちょっとそこらを歩けば、教科書に載るような歴史が当たり前のような顔をして存在している。ブーゲンビリアの咲き誇る庭に、なみなみと水をたたえたプールがあり、アボカドの実る木が数本、日陰をつくっているある家を借りたのもここだった。だれも利用しないプールで、園《えん》丁《てい》が毎朝、浮かんだ落ち葉を掬っていた。

トロツキー終焉の地――メキシコ・コヨアカン

ある日、この地から小一時間ほどの距離にあるコヨアカンを訪ねた。

メキシコでは、どの町に行っても広場を見かけるが、ここの広場でも、大木の陰で人々は憩い、風船売りのやせた少年が、うっかりすると風船の浮力でそのまま空に浮かんでしまいそうな、沢山の風船を束ねてベンチで休んでいる。一体誰が買うのかしら、といつも疑問に思うけれど、どの町に行っても風船売りの姿があって、どの町でも買っている人の姿を私は見たことがないのだ。なのに、メキシコの広場には必ず風船売りがいる。

メキシコのおまわりさんは、とても上手に笛を吹く。停止、進め、危ない、など、ヒュルル、ヒュルとか、ピーッとか、長く吹いたり、短かったり、笛につれてあたりの空気も踊っているようで、思わず聞き惚れる。

風船売りの居る広場から少し歩くと、住宅街の一角に、スペインの植民地時代から保たれている邸宅があった。征服者、エルナン・コルテスに捧げられた女奴隷、マリンチェの屋敷である。類まれな語学力で、先住民たち相互の情報をコルテスに伝え、メキシコ征服に力を添えた彼女を、コルテスはメキシコの妻として寵愛したという。その証の美しい邸宅だった。

反スターリンを掲げたロシアの革命家、レフ・トロッキー（一八七九～一九四〇）も妻ナタリアと一緒に亡命してこの地に住み着き、暗殺されるまでの五年間をここで過ごした。トロッキーはレーニンと共にロシア革命の最高指導者と言われているが、レーニンの死後、スターリンとの権力闘争に敗れてトルコ、ノルウエー、フランスを経て、メキシコに受け入れられたのだった。

土俗的で、シュールな絵を描くことで有名な、フリーダ・カーロは熱列な共産党員で、トロッキーの信奉者の夫とトロッキー夫婦をフリーダの生家に迎え入れたが、後に彼女はトロッキーと恋仲になったともっぱらの評判だったらしい。思想を同じくする二人の秘めた恋のパッションを思う。

やがて、トロッキーは住まいを変えるが、現存する赤い壁の家には、壁を穿《うが》っていくつもの銃痕があり、暗殺という底のない恐ろしさを今に伝えている。スタンーリンの信奉者、D・A・シケイロスが狙った弾丸の跡と言われる痕跡もあった。

結局トロツキーは数ヵ月前に雇った秘書を通じて、その恋人役を演じた、バルセロナ生まれのラモン・メルカザルによって、登山用のピッケルで、脳天を割られて、即死した。ラモンはスターリンの放った刺客と言われているが、裁判では立証されなかったと聞く。

街はずれには、生い茂る樹木に両方から支えられた道が道路の真ん中に分離帯のようにあった。この道に佇むと、馬に横座りに乗って、手綱をとりながらパカパカと駆けてくる淑女の姿が彷彿する。かつてこの道はシティに住む外国高官たちがコヨアカンの別荘に通う大切な道路だった。

この街を愛した日本人もいる。近代演劇の基礎を指導し、メキシコに亡命を果たした佐野碩《せき》がいる。スターリン時代に追放されて、アメリカや祖国にも拒否され、ようやく彼を受け入れてくれえたのは、メキシコが唯一だった。彼は初期の台湾総督でもあり、外務大臣などを歴任した、医師でもあった後藤新平の孫にあたる。

また、民族性の強い、のびのびとした絵画を子供たちに指導して慕われた、北川民治も、ここを拠点に活躍した。

立派な家から「出勤」する物乞い——スペイン・ヴァレンシア

一九八七年。スペインのヴァレンシアは物乞いの多い町だった。人の流れに逆らって傲然《ごうぜん》と胸を張って、しかも石畳の歩道の真中に座る彼らの幾人かは、古びてはいるがなかなかしっかりした仕立ての背広を着込んでいる。

ある日あまりに傲慢《ごうまん》な顔つきに、ふと気が変わって取り出したお財布を閉じたことがあった。

「ポルケ?」

なぜくれないの、と彼は声に出して私に訊ねたものだ。ごく素直な目が私を見つめる。ポルケなんて、受ける立場で言えるかしら。

物乞いの多さは、インド然り、メキシコ然り、スペイン然りで、国の経済的な背景を考慮する必要はあるだろうけれど、それにしても日本の浮浪者たちがお金を恵んでくれ、と手を差し出す情景を私はかつて見たことがない。恥の文化が浸透しているせいだろうか。経済の発展もその理由にはなるだろうけれど。

ある日、メキシコで路地に蹲《うずくま》って人を待つ物乞いのことに話が及んだとき、メキシコ人の友人から、路地にじかに座るのは、地方から出てきた人たちにとっては当たり前のことで、ふと一休みしている様子を物乞いと見間違えないで欲しい、と言われたことがある。

スペイン語圏では、お金を与えると、「グラシアス　ア　ディオス」と言う。

神様に感謝を、の意味だけれど、仏教用語の喜捨《きしゃ》に通じて、物乞いの自分の存在があって、成り立つあなたの喜捨なのだから、あなたは恵むことが出来る自分の現在を感謝しなさいよ、それを受ける自分も神さまに感謝する、といったところだろう。

この辺のところが分かって来ると、お礼の言葉を期待した自分の惨めさが際立つ。それにしても、ある日艶の良い毛並みの犬を引き連れて、煙草をくゆらせながら公園を散歩する彼に会ったりすると、小さく会釈《えしゃく》などするものだから、

「おめでたい奴だなぁ」

と、普段はあまり大口あけて笑わない夫も、噴《ふ》き出してしまう。彼らは私たちよりもお金持ちで、一戸建ての住宅から「出勤」する人もいるそうだ。

物乞いといえば、インドのマドラスでは、老若とりまぜ三〇人ほど、赤ん坊からさかのぼって四代は確かにいそうな大家族が、私を取り囲んだ。

イギリスの東インド会社が一六三九年に商館を建てた跡地を見学に行った日のことだった。裸足の彼らが無言でひたひたと寄せてくる。赤茶けた土の地面に、足音など響くはずもないのに、ずんずんと大地を揺るがせ、頑丈な一枚の壁のように私を追い詰める。

骨と皮の集団が距離を縮めてやってくる。魔界を見たような気がした。助けて、と叫び出したい思いでお財布の中身をまるまる与えて脱出したが、いっそ会話のない沈黙の物乞いの集団は、とても恐ろしい。

河童の棲む家——千葉・大原に帰って

一九八七年は、スペインに半年ほど滞在をした。帰国して、千葉県の一宮の家に戻ってはきたものの、せっかく造った家から遁走することになる。

前に書いたが、建築中の隣家が地元に住むその筋の人の家だと知ったからである。

急遽、近隣の大原に小さな土地を求めて、三ヵ月の突貫工事で家を完成させた。出来上がった小さな家は、玄関のドアの数メートル先に入江が水をたたえていた。海水と真水がゆったりと交わるあたり、アシの茂みの根元に一匹の歳を経た「河童《かっぱ》」が棲んでいた。彼は悠々と日がな一日、浅い水底すれすれに頭を伏せていて、人の気配の無い時にそっと頭を出して外を伺うようだった。

望遠鏡で観察しても、誰もこの生物の名前を当てることが出来ず、以来、河童の存在はわが家では当たり前になった。

海を眺めて穏やかな日を過ごすうちに、このまま入江の河童のように、じっと潜んで家に籠るのも悪くはない、と思えてきた。

自宅から三百メートルほど離れた雑貨屋さんに車を置き忘れたのもこの頃だった。

ある朝車が無いのに気がついた夫に起こされて飛び上がった。前日に雑貨屋さんで買ったものは油やお醤油だった。重たい荷物をフーフー言って持ち帰った記憶がかろうじてあった。そのような思いをしたのに、車で帰ろうとも考えなかったことになる。五〇代の半ばになりかかる頃だったが、頭のなかで何かが剥落《はくらく》し始めていた。

他人のご主人を彼の車から放り出した事件も同じ頃に突発した。

お米屋さんの前に駐車していたスバルの四輪駆動があった。五キロのお米の袋を抱えて「おまちどうさま」とドアを開けて助手席によいしょっと乗り込んだ。と、運転席から転がるように外に飛び出していった人影があった。すわ泥棒か、と駆けていく彼を目で追った。

他人の車に乗ったのも気づかずに、「あのね」などと世間話を始めた女に、持ち主の男性はどんなに気味の悪い思いをしただろう。他人を夫と間違えたまましゃべったなんて、どう考えてもおかしい。後ろに車をつけて待っていた夫が何事かと慌ててやってきた。

脱兎のごとく逃げた男性が電信柱の陰で様子を伺っているのを目の隅にとらえながら、苦言の一つも言えばいいのに気の弱い男もいるものだ、と夫に言ってみる。

一ヵ所にじっとしているとろくなことはない、とこれは小声で呟く独りごとで、立て続けにこのような事が起こると、脳の皺がその度にひとつ伸びて行く実感があった。瓶《びん》の金属製の蓋をねじるのに不便を感じ始めたのもこの頃である。つい最近まではやすやすと開けていた蓋が楽には開けられなくなっていた。力が入らないのである。

歳をとるというのはこういうことなのだと実感する。身辺の整理を本格的に始めなければ、と積極的に思い始めた。

ポルトガル――港町・セジンブラ

一九八七年、初夏、到着したリスボンの空港で、上背のあまりない体形の人達の中に紛れ込むのは容易だった。

イベリア半島に背中を預けながら、独り大西洋を見続けているポルトガルは、かつて西アフリカやインドから、金や香料を積んで、意気揚々と蒸気船が着いた風景を覚えているだろうか。世界で初めてと言われた奴隷市に、鎖でつながれた奴隷たちが大勢船から降ろされた景色を覚えているだろうか。ブラジルが発見されたときのあの騒ぎを覚えているだろうか。

かつての栄華が失われてしまっているだけに、リスボン空港の雰囲気はギラギラとしたエネルギーも感じられず、かえって落ち着いて暮らせそうな国だった。

この国はサラザール政権が独裁政治を行い、極端なナショナリズムに走っていた時代があった。

のちに疲弊した国を立て直そうと青年将校たちが決起して、「カーネーション革命」(一九七四年四月二十五日)と言われるクーデターが成功した。カーネーションを銃口に挿した、無血革命だった。「ポルトガルの春」とも呼ばれている。

しかし、長年の圧政で、民衆は「知らしむべからず」の生活を余儀なくされた当時、教育が徹底せず、従って私が滞在していたころでも字が読めず、数も計算できない人たちが居た。

西の端にある港町、セジンブラに滞在したことがあった。海と見まがうほど大きな川幅のテージョ河を船で渡るが、船を降りて、すり鉢状の坂にそった海に下る道をいくと数匹の猫が出迎える。夕方になるとみょーみょーとネコを呼ぶ声があちこちから聞こえ、どこに潜んでいたかと思われるほどの数のネコたちが、乾いた草の間からぴょんぴょんと跳ねながら餌を求めてやってくる。

猫は人につくと言われるのが納得できるほど、人はみんな優しかった。

ポルトガル人はその実直さをかわれて、ヨーロッパの国々では、アパートの管理人が多いそうだ。

息子が管理人の仕事でパリに行っている主婦は、彼の六歳の長男を育てているが、孫の頭をなでながら、「この子にはいい石鹸を使っているの、昔働いていたお屋敷の子供たちは、いつでもいい石鹸の匂いをさせていたから」と言う。

まだまだお屋敷という言葉が頻繁に人の口に上るところを見ると、かつての貴族たちの力が見えないところで厳然と存在をしているらしい。

男性上位のお国柄で、買い物をすれば男性が支払うのが当たり前の世間だったが、お財布を私が持ち、夫が荷物を持ってくれる様子をみて、なんとなく夫に対する皆の態度がぞんざいになってきた。

「俺を下男と思っているらしい、ポルトガルに居る時だけ財布をこっちに寄こせ」夫は口をとがらせる。

夫が下男と間違えられた早朝の魚市場では、買い物客の頭上を魚が飛ぶ。こちらの隅の魚屋さんに客の希望する魚がない時は、対角線に当たる随分遠い魚屋さんから、新聞紙にくるんだ魚が勢いよく飛んでくる。アンコウの肝さえ飛んでくる。余談だけれど、皆が好むニンニクを効かせたアンコウの肝のリゾットは絶品だった。

イワシを炭で焼く煙が立ち込める昼時には、海に開いた食堂は漁師のおかみさんたちの息抜きの場になってもっぱら噂話で賑わっていた。うんざりするほどイワシが獲れるから、イワシ料理もさまざまで、トマトとビールで煮たりする。

おかみさんたちが早朝の買い出しを終わった十時ごろには、ケーキ屋さんはお菓子の好きな主婦たちで繁盛する。

彼女たちは、あるいはエプロンをかけたまま、カウンター席のスツールを、ひょいと片寄せて腰かけると、コーヒーを注文してから、ゆっくりと今日のケーキを物色し始める。

両手を後ろで結んで、腰をかがめて、皆が皆同じ格好で、今日のケーキの品定めをしながら、ケースを一巡している。小ぶりだけれどかなり甘いケーキは、その昔カステラとして日本にも伝えられた。

ごく普通の主婦たちがデミタスのカップ片手にバールに集う様子は、いかにもポルトガル的……。さて、「ポルトガル的」とは何だと問われると、答えに窮するけれど、ブラジルが発見され、交易船が盛んに入港し、栄えた当時から、現在のように衰退してしまうまでの、ちょっとゆとりのあった時代の名残とでも言おうか。

借りたアパートは海を見下ろす丘の中腹にあった。棘の多い雑草の野原が窓まで迫ってきていて、ふと目をやると、台所のガラスからこちらを覗く牛と目があったりする。まじかに迫った無邪気な牛の瞳の無垢《むこ》でなんと愛らしいこと。あるときは数分間も私を見つめて、何を納得したのだろう、牛はのっそりと帰っていく。

この国が世界に誇るコルクの林がある。皮を剥がれて痛いたしく裸身をさらすコルク林の一角で、週に一回の市が立つ。

焼きあがったばかりのパンが並び、雑多な野菜の横で、ヤギがつながれて客を待っている。売り物なのだから、もう少しきれいにしてもらってもよさそうなものを、土をこびりつけたまま、時折メエと啼いて草を食べている。

アパートのお向かいには、お世話になった日本人夫妻が移住して住んでいた。お子さんも居ない夫妻のこと、行く末を語る話はかなり深刻だった。その時が来たら、果てしなく遠く続く海に出て、沖からこちらに向かって泳ぎはじめ、一方が力つきるまで片方が伴泳するという。

やがて彼または彼女を見送った片方も岸に向かって力尽きるというのだ。ちなみにお二人は上手に泳げない。

思いもつかない話を聞いて、人それぞれの覚悟というか、二人の孤独とでもいうのか、しみじみと感慨にふけったものだった。

路地の陽だまりでは、老人たちがトランプに興じていた。自家製の葡萄酒を樽からいきなり酌み、そこいらの草むらで遊んでいたカタツムリを一晩おいて泥を吐かせ、塩茹でしたものを肴にしている。時間が止まったような、昼下がりだった。乾燥し切った刺の多い草がかさかさに茶色く生い茂るこの辺りでは、カタツムリは湿地にいる、といったイメージは撤回しなければならない。

ある日海沿いの崖に、点々と造られた小さな瞑想室を見たことがある。コンクリートの部屋はヤギがようやく四本の脚を揃えて立てるほどの急斜面に海に向かって建っていて、日がな一日修道僧が祈りに明け暮れるという。果てのない大西洋を望んで、人間的な寂寥《せきりょう》と孤独はどれほどだろうと思うけれど、そのような、俗な思い入れは修道僧には全く不必要なのだろう。

思い返してみると、私たちは案外この国に馴染んでいたのかもしれない。

今でも頬を撫でる海風や、昼下がりに海水浴に子供を連れて行く親子の、くぐもるような発音のポルトガル語の会話が聞こえる気がする。

ふたたびメキシコへ――地方を回る日々

半年の予定を組んで、私たちがふたたびメキシコに旅立ったのは、一九八八年の秋口だった。かつて最初のメキシコ訪問で、メキシコシティの小学校の三年生のクラスに編入させてもらったことは既述した。お尻が半分しか乗らないような小さな木の腰掛けをもらって、教室で見たもの全てが優しさにつながった。

シティは度々訪れていたので、シティにつぐ第二の都市グアダラハラに移る。

ある時散歩に出た夫が嬉しそうに帰宅したことがあった。パン屋さんでガラスを磨く掃除婦が、通りを歩く彼と目が合った瞬間に温かな微笑を返してくれたのだそうだ。たったそれだけのことなのに、彼の感激ぶりは大変なものだった。

夫はアメリカのレストランでチップに対して返ってくる、一瞬の張りついた笑顔さえも大変嬉しいと言ったことがあった。

「それって代金引換の笑顔ね」

「シニカルなことを言いなさんな。それでもいいじゃあないか、ほっとする」

どうしようもない貧富の差のあるメキシコで、素直に人を信頼する笑顔に出会うと、こちらもほっとして笑顔を返す。かつて騙されて、スペインの征服に屈した過去があり、インディへナ（先住民族）たちの歴史はつらく悲しいものだった。現在も決して満足した暮らしでもないであろうに、庶民の人を受容する笑顔は美しい。

もっともこれに水を差すような話も転がっているのは事実で、白杖で歩く女性に、危ないから白杖の独り歩きはよしなさい、と忠告する人にも出会う。抵抗出来ない人から金銭を奪うことを生業とする性質《たち》の悪い、しかし気弱な人間もいるそうである。

グアダラハラの下宿の女主人のイルマは中国人との混血で、東洋人の我々には特別の親しさを感じたらしい、随分大事にしてもらった。ここでも語学校に通いながら、地方を見て回る日々が続いていた。

イルマが推すので、グアダラハラから六時間もバスを乗り継いで、太平洋岸のリゾート地、プエルト・バジァルタに行ったことがあった。

当時はほんとうに若かった、トイレ休憩もない公共のバスに乗る勇気もあった。ちょっとした乗り継ぎの時間を利用してトイレを探せばよいと考えていた。が、いざ必要となった時の大騒ぎは、思い出しても冷や汗ものだ。やっと知り得た情報では、五〇メートルも先の雑貨屋で貸すだろうという。ならばと二人で猛ダッシュ。このバスを逃せば数時間は待つことになる。

十分なお礼を置いて、ふたたび駆け戻れば、運転助手が入口のステップに片足かけて、まさに出発寸前だった。ローカルバスは点呼はしない。

教訓として残ったことは、異国のローカルのバスを利用するのは三時間が限度で、飛行機があれば、疲労も考えて空路を使うべきだということだった。旅慣れた気分でローカルバスを利用するのは、甘かったと自戒した。

夫が病む――保養地プエルト・バジャルタのスコール

二面を海に向かって開放したホテルの部屋に着いて、テラスの戸を開けた途端に湿った風が吹き始めて、たちまち空は曇り、猛烈な勢いでスコールがやってきた。それはまるで太目の針金が束になって大地を突き刺しているようだった。銀色のしぶきが海面に跳ね、海は銀のるつぼとなる。

さっき珍しさに眼を凝《こ》らして眺めた、一列になって空を飛んでいた黒いペリカンたちも、雨に打ち付けられて、羽をたわめて急降下して、浜辺に着地している。

雨は二〇分もすると嘘のように、からりと止んで、浜で遊ぶ人たちが戻ってきた。

突然、隣で藤椅子に腰をかけて海を見ていた夫が、腰をずらせるようにして立ち上がると、

「だるいから少し横になる」

と這うようにしてベッドに向かった。

急な発熱は四〇度にもなって、突然のことで状況を理解出来ないままに、私はフロントに医者の往診を頼む。

はるか水平線に噛みつくように、黄金色の大きな太陽がそろそろ沈む気配を見せている。やがて頼みの医者は不在と知らされ、医者を待って無駄にした時間を呪いながら、私は一ヵ月前にシティの医者がくれた処方箋をもって、外に駆け出した。

一ヵ月前にも夫は得体の知れない熱を出し、薬の処方を貰っていた。まさか、それが肝炎の初期の症状とは分からず、言われるままに薬を一週間続けた結果、病状は全く回復していたのだった。湿気と暑さで目の前が曇る海辺の石畳の坂を、薬局を探しながら登って行くと、家一軒ほどの大きさもあろうかと思われる太陽が、まさに沈まんとしていた。世に言われる、静かな落日の気配とは違って、この太陽は力強く強引で、世界を呑み込もうとでもしているようだった、翌日も医者は不在で、飛行機の搭乗券も手に入らず、私たちは二日をホテルに留め置かれる状態になっていた。

ふと、夫が、

「今度の病気は命にかかわる気がする」

とベッドで独りごちる。

旅の空で病まれてみると、心細さが襲ってきて、大きな宇宙に二人だけが寂《じゃく》として浮いているような気がした。

たった二日で切り上げたこの保養地プエルト・バジャルタは、夫の病気と、天が割けたかとも思われる勢いのスコールの記憶しか、私に残してはいない。

優しい看護師たちと占い師――断定できない病名

グアダラハラに帰りついて、一ヵ月前に往診してくれた医者が付き添って、カトリック系百年の歴史を感じさせる清潔な佇まいの病院に入院となった。緑の茂った中庭からは、時に看護師たちの歌う聖歌が聞こえてくる。

健康には細心の注意をしている夫に、よりによって旅先で病院暮らしをさせる破目になった病気がなんなのか、この期《ご》に及んで、うっすらと肝炎を疑ってはいたが、肝心の医者は、血液検査の結果、そうではない、と結論づけた。

「セニョーラはなんの病気だと思いますか?」

と医者は言い、

「なんなのでしょう、ドクトール」

と私は応える。すっかり気落ちした夫を横に、まるで禅問答が続く。

夫の声がかすれて殆ど出なくなった。喉のひりつく痛みを訴える。早く帰国したくとももう少し回復してから、と医者は退院許可を出してはくれない。

しかし、治療への不信感とは別に、優しい手厚い看護にどれほど助けられたか知れない。宗教にのっとった精神で、看護師たちは患者に奉仕してくれる。なんの計算もなく、みな穏やかな表情だが、特筆すべきは、音の無い世界の美しさだった。食事を持ってきても、ドアの開け閉めも、足音は全く消えている。

それに彼女たちの笑顔。静かな笑顔。

夜明けに訪れる看護師は、私の仮寝のソファーの毛布を、そっとかけ直し、安心なさいと軽く肩のあたりに手を置いて、グラシアスと呟いて出ていく。この場合のグラシアスは神に対する、生かされている人間の感謝なのだろう。

ある日、はかどらない病状に、不安で打ちひしがれていた時のこと、細めに開けてあったドアを静かに開けると、一人の女性が入ってきた。白髪を後ろで束ねた彼女は、むしろ貧し気な様子だったけれど、ベッドの裾に立つ私をそっと抱擁して、背中を撫でて、大丈夫だから、頑張りなさいねという風に、大きな瞳で私に語ると、無言で静かに出て行った。

他の患者の見舞いだったのだろう、異国で病む夫を見守る私のことを知って、思わず慰めに来てくれたのだと思う。彼女の優しい抱擁に、とろけるような安堵を覚えたものだった。

夫がジュースを一口飲んだ、と看護師に報告したときには、あれほど静かだった足音がにわかに廊下に響いて、数人の看護師たちが部屋に入ってくると、うっかり声を立てそうな笑顔で、代わる代わる夫を覗きこむ。たった一口ジュースが飲めたことを、わが事のように喜んでもらって、私は思わず涙ぐんでしまった。

下宿のイルマも心配し、毎日見舞いにやってきては、ついに私を引っ張って占い師のもとへかった。送り込んだ。藁《わら》をもすがる、ということはこのことか、とにかく何でもよいから情報がほしかった。

かつてエチェベリア大統領専属の占い師だった中年の女性をイルマが紹介してくれる。この土地でしばしば見かけるように、彼女は犬を屋上に飼っていた。玄関に立つと、シェパードが、とびかからんばかりの態勢で、両前脚を屋上のふちにかけて地上の私を威嚇《いかく》する。一体炎天下のコンクリートの屋上で、生き物を飼う発想が理解を超えるが、ある日突然に、獰《どう》猛《もう》な犬たちが飛び降りてきたら、と住宅街の大騒ぎを想像したりした。

待つうちに髪に沢山のピンクのロットを巻いたままの女性が二階から降りてきた。開口一番、脚を組むのはよしなさい、と言う。

大事なことを観るのだから、両手を膝に、脚は揃えて、と至極《しごく》もっともなことを指摘されて、私は恥ずかしく、思わず姿勢を正す。でも、彼女の髪のロットはそのままだった。長く伸ばした爪も先が曲がりかけていて、トランプを繰る度に引っかかりそうで気になる。瞼には青くアイシャドウが入れられて、まさに魔女が現れた気がした。

「とにかく急いで帰国しなさい。それしか治る方法はない」

と、まっすぐに目を見据えて言われたが、真剣さが瞳に溢れて、思わず手を合わせた数分間の鑑定は終わった。

やっと退院許可をもらって、途中、サンフランシスコの郊外で、幼児教育に携わっていた長女を頼り、救急病院で診てもらい、それから日本に無事に帰りついたのだった。

台湾で気功を学ぶ——植民地時代の名残り

一九八九年のある日、気功や瞑想に長年興味を持っていた夫が、「台湾で気功を学ぶのはどうだろう」と言い出した。

前の年に夫が病んで以来、一〇年を超える旅の歳月が、ここにきていろいろな面でまとまりを見せ始めていた。帰属する場所は、やはり東洋なのだ、という実感があった。

もちろん私に異のある筈がない。夫は医者だった父親が、最期は漢方薬に頼っていたことを言い、東洋医学に興味が募るという。

一〇年間の旅の途中で、ふと台湾を考えはしたが、何となく理解の及ぶ範囲の国として、後回しになっていた。ならば、と疎遠になってはいたが、姉を通して消息の分かった知人劉志《りゅうし》明《めい》さんに手紙を出して気功の先生を探してくれるように依頼をした。彼は、戦争末期に疎開生活を送った南庄の、長老派教会の牧師の息子だった。

「れいこちゃん、元気ですか。懐かしいですね」で始まる便箋二枚の丁寧な日本語の手紙がすぐに返ってきた。

「れいこちゃん」と幼い私に語りかける便りには、待っているから、ぜひいらっしゃいと暖かな文章がつづられていた。

一九九〇年一月、台湾の桃園《とうえん》空港で、「里帰りですね、待っていました」と手を差し伸べてくれた劉志明さんの笑顔は昔のままだった。横で奥さんの春桃《しゅんとう》さんが控えめに立っている。

教師同士が結ばれて、今は志明さんだけが高校の英語の先生をしていた。

幾度頼んでも家賃すらとってはくれない新竹市の彼らの娘宅に身を寄せて、気功の勉強が始まった。

下町のお線香の煙が揺れる廟《びょう》の前にその教室はあった。いつ行っても狭い部屋は人でいっぱいで、換気をしなければここで病気になりそうだった。実際、半病人みたいな人が半分ぐらい居た気がする。

通訳を兼ねて志明さんが同行してくれるが、気功といっても単純動作の繰り返しである。お臍《へそ》の、拳の幅ほど下の丹田《たんでん》を、両足を肩幅に広げ、ちょっとお尻を突き出すようにして、小腰をかがめて、とんとんと両方の拳で叩くだけである。イメージとしては、丹田に火の玉を想像しなさい、との事だった。

丹田に集中している気を全身に散らせるのだそうだ、それから、正座して気を回すことを教えられた。おでこから火の玉を想像した気を、そのまま胃のあたりに溜めて、今度は吐きながらぐるりと背中に回して、口から吐き出す。

息をゆっくり吐き出すことが、こんなに難しいとは。

ともあれ、決してレディが衆人の中でする格好ではないけれど、この際、恥はかき捨てて、丹田を叩く動作を続けることにした。

何事にも真面目に立ち向かう志明さんは、お腹を叩きすぎて腹痛を起こしてしまった。

小太りの、色の白い男性の先生は、ころころした、えくぼの出る柔らかそうな指をしていらした。

「気は十分に通りましたか？」

と先生が問われる。

「難しいですね、まだ出来ません」

と、夫は正直だ。

「奥さんは？」

と聞かれて、私は、

「通りました、通りました。でもちょっと背骨のあたりを曲がって通りました」

とこれも正直に言ったつもりだけど、夫は「またか！」といった風に私を睨む。いつも私はサービス過剰なのだそうだ。

もっとも慣れてくると、額に集め過ぎた気がひりひりとおでこをやけどのように赤くする。

それをごらんになった先生は、ご自分の胸で十字をきるように腕を動かすと、私の目の前で彼の手を縦に動かして、私の気を下げてくださる。

週に二時間ずつ、計四〇時間通って終了となるが、一人八万円を払う終身会員制度だった。

結果、夫は七キロも体重を落とし、私は五〇メートルのプールの往復が楽に出来るようになった。

これはあながち気功だけの成果だけではなく、往復二時間歩いて通った太極拳にもよったのだと思う。太極拳の先生は日本語の命令形しか使えない。かつての植民地時代に兵隊さんだったので、命令ばかりされていたのだろう。

「右を向きなさい」「上を向きなさい」「それ、駄目」「あんた、馬鹿か、まだ出来ないのか」などなど。他人から馬鹿呼ばわりは初めてで、面食らったけれど、「馬鹿」は台湾人の多くが覚えている日本語であった。言わないまでも、庶民は皆身近にこの言葉を知っている。「バッカヤロー」はもっとひどい。

ある青年は、終戦後に生まれたが、私に「本日大売出」と書いて逆さに読ませた。「売り出し、大日本」だそうで、若い連中のジョークの一つらしい。しかしインフラを整備し、教育を徹底させた日本に対する評価は、大陸側の日本的なものを排除する方針とは別のところで静かに存在をしている。ちなみに、台湾人を本省人とし、大陸から戦後渡ってきた人を外省人として、巷《ちまた》では区別をしている。

ま、あれこれあるけれど、言葉通りに物事が運ぶ台湾の暮らしに、私は満足をしていた。言葉の含みなど面倒なことを察する必要がなかったからだ。

多分日本語の語彙《ごい》の少ないこの地の人たちと、私の大雑把な思考法が上手く、どこかでぴたりと合ったのだろう。夫をして、

「そうか、台湾人と結婚をしたと思えば、すべてに納得がいく」と言わしめたものだった。

小康を得ているとは言え、夫の肝炎のその後が案じられたので、新竹の漢方の医者に診てもらった。

なにか肝臓に関して言われるかと思ったが、漢方医は、肝臓には触れず、膀胱に病いの兆候があるという。それも脈診だけの診断だった。

膀胱には全く自覚症状のなかった夫は、診たて違いだろうと言い、私もなぜあれほど重症だった肝炎を、治ったとはいえ見逃してしまわれたのか、と漢方医への信頼は薄れていた。

しかし、その後七年ほど経って夫は初期の癌を患って日本で膀胱の手術を受けることになった。漢方医の診断をいい加減に聞き逃した罰が当たった。

コスタリカで家を買う――素敵な住環境で……

一九九一年、中米のコスタリカの首都、サンホセ近郊に家を買って二年ほど住んだことが

あった。

コスタリカはコーヒーの産地として知られているが、世界でも有数な原生林がそのまま保たれていることでも知られ、その保存のために、世界の国々から多くの技術と人的な援助を仰いでいる。また軍隊を持たないことでも知られ、その分を教育費に回している、と政府も言っているが、七歳ぐらいで、働く親を助けて学校に行けない子供たちを見かけると、このあたりは素直に納得出来なかった。

緑あふれる環境が気に入って、一度訪れて、二回目に決めた家はコーヒー園の丘の中腹に建っていた。なだらかに谷に向かって傾斜する千坪の庭があり、沢山のレモンが植わっていて、とくに月の射す夜には、夜露に濡れそめた大地を覆うように、レモンの香りが層をなして漂っていた。

遠く、首都サンホセの灯がまたたき、住環境としては素敵な場所だった。アメリカドルで六万五千ドルを支払ったが、旅にも疲れてきて、そろそろゆっくり定着したい気持ちになっていた。

森の小道を辿るとわが家の石を積んだ低い塀が現れ、警戒心の強い筈の仔馬がのんびりと脚を投げ出して道のまん中を横になって塞いでいる。時折アブを払う尻尾だけがピシリと背を打っている。放たれた母馬は時折仔馬に目をやりながら、草を食んでいた。

重たいオークの扉を開けると、庭に面して広い居間があり、テラスでは自由に出入りしているコーヒー摘果《てきか》労働者の子供たちが集って遊んでいた。

寝室が二つと、居間と、ガラスに木漏れ日の揺れる大きな台所のあるこの家は、床や天井全てがオーク材で仕上がっていて、木材の豊かなコスタリカらしい家だった。野鳥が家を横断して飛んでいくので、ガラス窓はなるべく明け放っておいたけれど、それでもガラスにぶつかる鳥が三日に一度は床に横たわっている。慌てて両手に包むけれど、ひくひくと温かな鼓動を残して冷たくなっていく。

一本のライムの木に三種類ぐらいの鳥が仲良く実をついばむ様子が日常のコスタリカであった。

この国はコスタリカ人も、アメリカ合衆国の人も両者が北米の裏庭だというほどに、コーヒーも含めて、殆どの産業はアメリカ資本に独占されていて、ココナツオイルやバナナ畑は地の果てまで続いている。物価の安さとその親米度をたのんで多くの定年退職者がアメリカから渡ってきていたが、中米一の美人国と知ってのことであろう。語学校で親しくなったアメリカ人の男性と歩くと、神様は振り返った頭を元に戻しさえすればお許しくださると言いつつ、街をゆく女性に見とれてばかりいる。

昔、スペイン人がこの国の牧畜とコーヒーの栽培に適した気候に目をつけてやってきた時から、インディヘナとの結婚が盛んだったそうで、自ずとスペインに対する何がなしの尊敬や憧れを感じるが、しかし、アメリカ資本が投入されて製品搬出の鉄道を敷くために動員された多くの中国人と黒人に対する差別はうっすらと世間に存在している。もっとも公式文書で辮髪《べんぱつ》の中国人を奴隷扱いしていると言われているほどだから、これが一般に浸透しているのだろう。

北はニカラグア、南はパナマに挟まれているこの国は、アメリカの軍事拠点としても重要なのであろう、森の奥深くまで、いつでも軍用に転用出来る、十分にコンクリートを注いだ立派な道がアメリカ合衆国によって完成しているが、猛る草は路肩を穿ってわがもの顔に生い茂っている。

しばしば摘果労働者の子供たちをジープに乗せて買い物に連れていったが、彼らは欲しいお菓子を一つしかねだらない。そうして、

「本当は弟にも同じ飴をあげたいのだけれど」

と遠慮がちに言う。コーヒー摘果に早朝から働く両親を助けて、学校が休暇に入ると小学生の時から畑で摘果を手伝う。

夫はこの子らのために、庭を解放し、鉄棒や砂場などを設けたので、子供たちは、放たれている馬の腹の下をくぐって、囲いの鉄線を押し上げて、やってくる。

豊かな自然と物騒な人々——コスタリカを去る秋《とき》

緑が多く、子供たちのけなげさに惹《ひ》かれて住みついたコスタリカだったが、荒廃していく

あたりの様子に危険を感じて引き揚げることにした。高速道路沿いの休憩所の鏡や洗面台まで盗られる有様は、貧しさがさせているとはいえ、暮らしにもずるさが混在するのを見ると、引揚げ時だと思った。ピストルの発射音が聞こえる夜が続き、麻薬の売買が昼間から行われ始め、つい二年前までは穏やかだった環境はがらりと様子を変え始めていた。

ある時、ビザの更新のため、パナマとの国境まで行ったことがあった。首都サンホセから八時間のドライブで、オサ半島に着く。半島の先端にあるヒメネスの村で、一軒しかない宿に泊まったが、夕食時の光景に思わず声を上げそうになった。

この半島には金鉱が眠っていると聞いてはいたが、金鉱を探しにやって来たアメリカ人の荒くれ男たちが、泥まみれの姿でテーブルに着くと、いきなりアルコールを注文する。

やっと一息ついた男たちのスツールに座った後ろポケットから、ピストルが覗いて見えた。ある者はポケットに、ある者はベルトに吊り下げて、とにかくピストルは大っぴらに所《ところ》を得ている。

一人はずれて中年の日本人の男性がいた。在所を訊ねても言葉を濁すこの人は、たった一人で金の採掘をしているとかで、それも無許可の採掘だ、とアメリカ人の男の一人が教えてくれた。鬱蒼とした森のなかで、一人で鶴嘴《つるはし》を振るう孤独な作業は、アブやヤブカの攻撃に耐えながらの、とんでもなくきついものであろう。この人の脇のポケットも膨らんでいたから、ピストルが入っていたかもしれない。

非合法に採掘する金鉱をめぐる争いの話は、背後に控える麻薬組織の話とも相まって、噂には聞いてはいたが、いざピストルを見てしまうと、恐ろしさに夕食も喉を通らない。

ペリカンが舞い降り、ライチが実り、昼間は人っ子ひとり往来しない静かな砂地の村のお話である。

そろそろここを去る時が来ていた。

家の代金は速やかに送ったのに、抵当権を外すために幾度も料金を請求してくる弁護士にも嫌気がさし、だんだん人間嫌いになってきていたが、ある夜泥棒が入って、許せないことに、隣家の手伝いの少女に乱暴をして去った事件が、コスタリカを去る決定的な原因となった。

年金暮らしとはいえ、なお余剰の出る国を選んで滞在を繰り返し、コスタリカでもその余剰で、少年一人と二人の少女に多少の学費援助が出来ていた。その子たちに別れる時のつらさは、今思っても涙が出る。

しかし、つまるところ歴史の重みのある国とは言い難いこの国の風土に飽きてしまっていたのが正直な理由である。景色や物価の安さや子供たちの愛らしさのみでは満たされない何かがあって、それを歴史が運んでくる風、とでも言おうか、メキシコやインドと比べると、その差は歴然としてくる気がした。

運の良かったことに、ようやく抵当権がとれた家は、子供たちのために私の従弟の援助もあって作ったダンスのレッスン場はそのままにしておく条件で、十分な益を得てスイス人に譲ることが出来た。

夫の希望で北海道へ——厳冬の生活の良さも知る

快適さと雄大な自然をたのみ、寒い時期には逃れて旅に出よう、と北海道の白老《しらおい》に千葉県の大原からコスタリカを経由して移り住んだのは、夫が六八歳になった時だった。彼が第二次大戦の学徒動員で軍隊にいたときに、親切にしてくれた上官がいたそうで、その人物が北海道出身だったという。

「大らかで、たいした人物だったぞ、あんな人間が育った土地に住んでみたい」

国内外を問わずに旺盛な好奇心はお互いさまで、彼の希望に添い、すぐに白老の町役場に電話を入れて情報を収集した。北海道のこれと思う町役場に電話を入れたが、白老町の応対が一番親切を極めていた。夫にそれを言うと、そこに決めようという。

温泉付きの、秋には一〇本のカエデの紅葉が殊のほか美しい、八〇坪の庭のある家がすぐに見つかった。一〇年を経た家はモルタル塗りで、そこここに亀裂が走り始めてはいたが、野菜を作る余裕の土地もあり、ひと目で気に入った。二階に二部屋、下に台所とお風呂と二部屋の和室のある家は、都会では思いも及ばないお値打ちな値段だったと覚えている。不確かだけれど一千五百万円ぐらいだったか。

「最初は借家でもして、辺りに慣れてから買われたらどうですか」

家を買おうと即決する様子に驚いた町役場の職員がそう言った。

さて、いざ北海道白老町の家に着いてみると、あろうことか、売り手は居抜きで去っていた。せっかく身軽になったのに、と溜め息をついて残された荷物の整理をする。

建てつけの悪い扉のある、車二台分のガレージがあったが、その大きな扉いっぱいにピエロと空を眺める北キツネの絵をペンキで描いて、だんだんわが家らしい佇まいを演出する。

この家は、雪の重さを考慮して、一部がトタン葺《ぶ》きになっていたが、その屋根の、ペンキの塗り替えも全て私一人でしてしまった。ペンキ塗りの手を休めて、傾斜のゆるい所を選んで大の字になって高く青い大空を仰ぐ、といった至福も味わった。

高所恐怖症の夫が屋根には絶対に登らないことをいいことに、屋根の端っこに小さな花束を座興で描き、横に花を捧げる目の涼しい青年の顔を添えた。ささやかな詩のようなものも書き添えた。

夏目漱石が、愛猫を亡くして庭に埋葬したのちに、亡くした猫の光る目を稲妻に例えて、

『この下に稲妻起こる宵《よい》あらん』

と、詠《よ》んだそうだけれど、雪が降り始めると、誰が見る筈もない屋根の上で、しんしんと積

もり始める雪に、勝手に描かれた全く見ず知らずの青年が、静かに瞳を閉じながら、むしろ陶然と眠りに着く静けさを思っていた。いつか消そうと思いながら、果たさずに移転してしまったが、今でも心はときに、あの絵の上に飛ぶ。

あくまでも澄み切った空気のなかで、変化の激しい折々の自然に圧倒されながら、それでも厳しい冬を逃れて海外をさすらう暮らしは、スリランカやインド、タイなどと、続いていた。ところが、一回出遅れて厳しい冬を経験してしまうと、真っ白な世界に閉ざされるぬくもりに虜になってしまう。この地で生きている人に、このような戯《ふざ》けた話は失礼だと知ってはいるが、あの静謐《せいひつ》な世界を経験してしまうと、冬を選んで住みたいとさえ思う様になった。

夫はこの頃から前立腺の不具合を言い始めた。頑として病院に行くのを拒んでいた彼は、執拗なほどに西洋医学から距離を置く。

二人にとって北海道は、異国と同じような感覚で位置するのびのびと暮らせる場所だったが、冬はことにつらい夫の病を考えて、ここも引き上げることにした。

地価の安いほうへと、北海道まで流れたけれど、四年近く住んだ土地から東に戻ろうとすると、地価は上がり、もう希望通りの家を建てるほどの力も私たちにはなくなっていた。求めた時の価格を割って家を手放した。このあたりから、上手く運んでいた家に関わる経済が破綻し始めた気がする。

「ともかく、それではまた海を渡りましょう」

と本州に向けてフェリーに乗り込む。

四トントラックに隙間が出来る程度の引っ越し荷物を、業者に頼んで送り出した。

侘しいといえばこれほど侘しい荷もなかろうと当時思った筈なのに、移転先の光市に一〇年間を過ごすと、結構な量の家財となってしまい、約束が違うじゃないか、と自分に問うことになる。

伊豆を断念、山口県光市の海辺へ――家という殻《から》の最終地

北海道を去る決心をしてから、伊豆にも足を伸ばし、どこかに私たちが所有出来る小さな家はないものか、と模索したが、かつて憧れて住みたかった東伊豆も、すっかり拓け、何よりも人の味というか、地味とでもいうのか、以前に比べて趣《おもむき》がなくなったように感じる。

そのような時に、東京在住の従兄が光市の土地を貸してくれるという。

「都を離れれば、一ヵ月に一〇万円のお家賃で多分大丈夫。そうすると、一年で一二〇万円、一〇年で千二百万円、ね。この金額以下で建つとしたら、うまい計算でしょ、建てましょうよ」

そうしてアトリエを兼ねた二二坪の小屋は、一九九七年に建ち上がることになる。

ヤドカリは自身の成長に合わせて、身に合うように大きい殻《から》を見つけて引っ越しをすると聞くが、私たちはヤドカリとは逆に、小さくなっていく身に足りる殻を見つけて住み、やがて辿

りついた瀬戸内の街、光市が、家という殻を持つ最終地となっていた。

一応土地の下見をして慌ただしい引っ越しの準備が始まった。もうこの頃となると、繰り返した引っ越しで、家具類はやせ細り、人さまに差し上げるほどのものもない。

一〇年を一区切りに住んでみよう、という夫と、フェリーで本州に渡り、裏日本を私一人で運転して光市に着いた。

アメリカが全盛を誇っていた時代に、サブカルチャーとして現れた、ビートニックやヒッピーが、道さえあれば、ひたすらそれを辿ったのに似て、それはそのまま自分たちの当時の姿でもあり、来し方の姿だったのではないか。

彼らと違うところがあるとすれば、夫が定年まで勤め上げ、既成の社会に背きもせず、十分にその恩恵にも浴していた点であろうか。

車を走らせながら、六二歳の私が七三歳に近い夫に言ってみる、

「まさに、ロードムービーの主人公ね、ちょっとしたものね」

言いながら、映画『イージーライダー』を思い出し、そう言えば、昔「ハーレイ」に乗りたいから教習所に行きたいと言って夫に叱られたことも思いだした。

家を建てる予定の土地は、耳を澄ませば波の音が聞こえるほど海辺に近い丘にあり、遠く

に瀬戸の島々が影を作って、島通いの定期船の汽笛が風に乗ってくる。クズが生い茂った、かつて田圃だった傾斜地の、湿地の部分を避けて、土を盛り、上下水道も整備して、電気も引き、掘立小屋のような、ブロックを土台に三段重ねただけの家は、杉の板を床に敷き詰めて完成した。

台風で雨戸が飛んだ！――海の見える丘の上の生活

東西南北、窓を開ければ風の十字路で、クーラーを入れる日は夏の数日で済み、庭でとれたトマトやホウレンソウなどが食卓に上る贅沢に、十分に満足をして暮らした小屋だった。唯一の不安は、最近ますます猛威を振るうようになった台風だった。

安普請の屋根はご近所にはないトタン葺きだから、嵐で飛んで近所のお宅を傷つけようものなら、すぐにわが家の仕業《しわざ》と察しがつく。

身を縮めて台風をやり過ごし、明けやらぬうちにご近所の様子を探りながら、どうぞわが家の屋根や飛んだ雨戸が悪さをしていませんようにと、びくびくものだった。

台風が過ぎた夜明け、抜き足差し足、お隣の伊藤さんの庭を偵察するが、案の定、飛んだ雨戸がお隣の庭にわが物顔に横たわり、ばつの悪いことに、お隣もお目覚めで、恐縮に身がすくむ。まるでわが子の不始末を詫びる心境だった。

さて、台風にはおまけがつくことがあって、わが家の一階の屋根にサヨリが二匹飛んできたことがあった。逆巻いた波を暴風が運んだ結果だ。

「あの魚はどうした？」

と時々庭を見てくれている大木さんが言う。

「食べました、干物になって塩加減も上々で美味しかった」

「えっ」

と絶句した彼は、

「猫が持ってきた魚かもしれんのに、飛んできたのを見たわけでもなかろう？」

と、草を抜きながら小さく呟いている。

事実、庭にはツワブキやヨモギ、クズ、ヨメナなど、もしも飢えたらいつでも食品になりそうな植物があふれていたので、時折てんぷらにして、食卓を賑わしていた。

隅の方には実生《みしょう》のイチジクの木があった。晩夏の頃に、大きな実をつける。

きっかり朝の五時に実をついばみにやってくるヒヨドリの先を越そうと、九月の私は忙しい。五時より早く起きるのは少し辛くて、それでも露をふくんだイチジクが欲しくて、パジャマの裾をからげて足元も危うい傾斜地を登る。うまくいくと、立派な実の十数個の収穫があるけれど、ほんの五分の差でヒヨドリはすべての実を突ついて行ってしまうから、彼らが去ったあとの実は食べられない。加えて時折やってくる大木さんとも争わなくてはならない。彼はまだ熟さない実を枝から捥《も》いでしまう。ヒヨドリにやられてからでは遅いと言って。

わが家の庭木なのだから、実を捥ぐときは、一言私に挨拶あってしかるべきだ、と思うけれど、彼の渡り合う相手はヒヨドリであって、私ではないようである。

インド・マドラスのアーユルヴェーダ――マッサージの修了証をもらう

時はさかのぼるが、北海道に移り住んだ一九九三年、インドに行ったことがあった。マドラスチェックと言われる素朴なチェック柄の布で知られる、そのマドラスだが、現在はチェンナイと呼ばれている。

近くに大小取り混ぜて、ここが発祥地といわれる古典舞踊、バラタナーティヤムの学校やレッスン場があるせいか、あたりにはヨーロッパからの留学生が多く住んでいた。殆どの留学生が体をほぐす必要からマッサージに通う。

女性の場合は薄物の布が用意されているが、彼女たちの多くはすっぽんぽんで横たわる。もっとも油で茶色くなったバイ菌の温床みたいなものをつけるよりは、という理由もあるのだろうが。

もともとインド舞踊は全裸で神に捧げる踊りのはずで、しゃらしゃらと金や銀のアクセサリーが胸を覆っていたそうだから、インド人の裸に対する感覚はむしろ神聖な気がする。

裸と言えば、ヒンズーの寺院にお参りしたときのこと、境内の入口でかがみ、靴を脱いで立ち上がろうとする目の先に、聖者の一物があってびっくりしたことがあった。ターメリックの粉を体じゅうに塗りたくった聖者は、泰然と全裸で虚空《こくう》を睨んでいる。肉がそぎ落とされた肉体は、一物があろうがなかろうが、もう人間の域を脱していた。ふと高い電信柱のてっぺんに独り止まって、虚空を睨んで動かないカラスを思う。

ある日、

「全然気にしない、いいわよ、あなた一人なら」

とイギリス人の二〇代の女性、エイミイに言われて、見学した。

五〇年配の男性の施術師のマホガニー色の掌《てのひら》が、たっぷり身体に塗られた特種な油の上を、陶磁器のような青白い肌にそってなぞっていく。ピクリとも動かない彼女の体を見ていると、統治はしてもインド人との結婚は極力避けたと聞くイギリスの植民地時代の優越意識そのものが、てらいもなく堂々と仰向けになって寝そべっているように見えてしまう。

しかし、結婚を極力避ける意識は、生まれた時に決定されてしまう血が、すでに宿命なのだと一般に信じられているからだと言う。

ヒンズー教の「ジャーティ」とよばれる細かく分けられたカースト制度では、自分の属するジャーティ内でのみ子孫を残してきた血統意識が、他の血が優れていようと、劣っていようと排除する心理が深く根付いていて、それが嫌われるのも自然らしい。

事実、チェンナイから北に二時間ほど車で走った町で、私は全盲の一家が機《はた》を織って生計を立てているのに出会って驚いたことがあった。目の不自由さを全く感じさせない彼らが、パタン、カタンと糸を繰り出すと、美しい絹の布が出来上がっていく。閉じられた社会がこのような一家を作りあげている。

かつて、イギリス人との結婚で生まれた子供たちがいる集落が、表立ちはしないけれど、なんとはなしの疎外感を漂わせていた、とその集落を見てきた人から聞いたことがあった。肌の色があまり濃くはない北のアーリア系のインド人とは似たような肌合いなのに、イギリス人との間にできた人たちは明らかに遠慮がちに暮らしているように見えたそうである。

インドの伝統医療、アーユルヴェーダのマッサージを習おうと決めて以来、炎天下オート三輪の後ろに二人掛けの座席のついたリキシャーに小さく押し込まれて通うことになった。始めてみると面白くて、週に三日、それぞれ二時間をかけて三ヵ月、無事に修了証をもらうまで通いつめた。謝礼は終了までに一人一万五千円ぐらいお払いしたと覚えている。

リキシャーはとても便利で、運転手は食糧の買い出しにもつきあってくれたが、ショートカットだと思う道を必ず避ける。

「あそこを通れば近いでしょうに」

執拗に言う私に負けて、ある日彼はいつもは避ける道を通ってくれた。泥をこねて作った家が無秩序に、勝手な方角を向いて砂浜を占め、足許には人の排泄物が点々とある。じりじりと焦がす太陽がすぐに乾燥させてしまうにしても、あまりの非衛生的でお掃除されていない豚舎に足を踏み入れたような状況に、息も出来ない。

ともかく、そんな集落が、マッサージ小屋のつい目と鼻の先にある。

マッサージの実験台になるために呼ばれた青年はブリーフ一枚で莫蓙《ござ》に横たわってくれるが、いくら仕事とはいえ、長時間体をなで回されるのはつらそうで、一日のレッスンも終わり頃になると、こちらの手が動くより先に、彼の筋肉がひくひくと誘導する。「こっちこっち、もう、早く終えてよ」とでも言うように。

「大丈夫かな、皮が剝けてるかもしれない」

申し訳ない思いが募って、彼に白いコットンのブリーフを一ダース進呈したが、彼は

「僕は白いブリーフは好みじゃあないんだ」

としかめっ面をして受け取った。

水道事情が悪くて、日本ほどの透明な水など望むべくもないから、洗う度にブリーフが茶色に染まっていくのが嫌だったのかもしれない。

インド人の自己主張の強さに折々出くわしてはいたが、いざ言われてみると失望が先に立つ。

余談だけれど、インド人の男性の喧嘩に出くわしたことがあった。

それはそれは物凄い喧嘩で、人々は遠巻きに見物を決め込み、当人二人は袖が引きちぎられ殴り合う始末だ。自分を主張してやまない喧嘩は三時間は続く、と聞いて呆れかえったものだった。

その後、最後の締めくくりにと、施術師の先生に当たる伯父さんを、ケララ州のコーチンに近い村に訪ねた。コーチンはアーユルヴェーダ発祥の地として知られているが、ユダヤ人だけが暮らすゲットーがあることでも知られる。

伯父さんに逢うために、鉄格子がはまった、まるで牢屋もかくや、と思われるほど逃げ道のない窓がいっそ情けなさを誘う汽車の、それでも特別のコンパートメントを希望して乗ったが、二人の相客がよく食べる人たちで、お陰で薄いカレーの昼食から、焼いたバナナのおやつまで注文する羽目となり、給仕を兼務する車掌が、持ってくる度に、足を組んで戸口に寄りかかって油を売っていく。

訪ね当てた治療所には小さな台所付きの小屋が点在していて、治療を受けながら滞在出来る仕掛けになっていた。オランダからやってきた中年の男性の患者が、日照りを避けて涼風の渡る木陰で本を読んでいた。よほどこの土地に慣れているのだろう、マドラスチェックの布だけを腰に巻いていた。

引きも切らない村の患者を診るのに忙しい伯父さんの、脈を診ての見立てでは、夫はやはりメキシコでもらった肝炎が治りきっていない、とのことだったが、夫本人の自覚がないだけに、厄介なことで、薬草の丸薬をもらってお暇《いとま》した。

インドの老婆に叩かれる——なぜか想いを馳せる国

私はそのインドで、多くの人の目の前で叩かれたことがある。マドラスのアーユルヴェーダで治療をする、施療院のような医院の待合室のベンチに座っていた時のこと、向いに座る老婆から、いきなり脚を強くはたかれたのだ。鷲《ワシ》のように足指でサンダルをしっかりと捉えている老婆は、そのサンダルを蹴上げるようにして、私に近寄ると、手で私の膝を打った。

一瞬、何がわが身に起こったのか、まったく分からず、叩いた相手を見ると、彼女は膜がかかったような瞳ながら、鋭い目つきで私を睨みつけて、元居た座席に戻っている。ヒンディ語で隣に座るお嫁さんらしい人にわめくように何かをしゃべっていた。

「一体どうして私は叩かれたの？」

と憤懣《ふんまん》やるかたなく、太ったお嫁さんらしい人に聞いてみる。

「ダム、あなたが脚を露出しているからです。なぜサリーを着て脚を隠さないのか、と義母は言っているんです」

　慌ててワンピースの裾を引っ張りながら、

「だって外国人の女性たちだってたくさん町に居るじゃぁありませんか、ワンピース姿だって多いことだし。あなたのお義母《かあ》さんは、ワンピース姿を見かける度にパシリパシリと叩いてまわっているの？」

「いいえ、マダム、こんなに近くにワンピース姿の女性を見るのは初めてで、だから思わず叩いたのでしょう」

　失礼しましたとも言わずに彼女は愉快そうに、口に手を当てて笑った。

「じゃあ明日からサリーを着ます、と彼女に言ってね」

　インドの北部では、当時から洋服姿を見かけることもあったのに、南部のマドラスでは、サリー姿が圧倒的で、なるほど露出部は少ない。いったい私を外国人と認識していたのかどうか。とにかく、いきなり叩くなんて、インドでしか起こり得ないことだろう。

　何事かと集まった人たちは、一件の落着を見て、一様に首をくねくねと左右に振って微笑している。この納得した時に首を振る習慣は、欧米のそれに慣れていると、否定されたように思い、

「嫌ならいやで、笑いながらノーなんて言わないで」

と初めてこの様子を見た時は不愉快だったのを思い出す。

　後日、末娘が息子に離乳食を与えながら、

「お前はインド人か」

と問いかけているのを聞いて、思わず噴き出した。抱かれた赤ん坊がもてあまし気味にふにゃふにゃと頭を振っていた。

後に再度マドラス（チェンナイ）に滞在中、私はヒンズゥイズムを母体とした神智学会という独自の思想を展開する、哲学集団を訪れたことがある。そこで瞑想道場に通ったが、教えを乞う導師が説くインドなまりの英語がどうしても分からずに、しばらく通って諦めたことがあった。

インド英語と言えば、思わず噴き出す話がある。それは夫がインドから帰国してもインド英語を真似し続けたことで、帰路の飛行機の中でも、ジェスチャー混じりにインド英語で話すから、全日空のキャビン・アテンダントも最初は彼をインド人と信じたほどだった。生真面目さを装って、滅多に見せないけれど、あだ名をつける名人でもあり、他人の真似をさせたら絶品の夫だった。スペインでは、学校の女性教師を「バッファロがスカートを穿いたような」と表現した。この一言で、確かに硬質で気の強いスペインの風が吹く。

後にカリフォルニアのオハイに、この神智学会を脱退して学校を設立した、クリシュナムルティという人物が居たことを知り、興味をもって訪ねたことがあった。

閑散とした校庭には人っ子一人見当たらず、何の収穫もないままに帰途についたが、もう亡くなっているが、この人が説くことを理解した限りでは、記憶の働きである思考は、有限であるから、過去の動きである思考に頼れば、当然自己中心的になる。今在るという事実も、過去の思考とは無関係ではないから、未来もその延長線上にあるらしい。過去何万年もかかった人間の進化の結果が今の人間の頭脳を作り上げているから、自分の意識と思っていることも、あるいは、人間全体の頭脳かもしれない。

だから、全社会、世界で起こっているいろいろなことの責任の一切は自分にある。自分が変わらない限り、自分の周りも変わらない、という教えだろうと理解した。

それはともかく、今もなぜか私は、インドに想いを馳《は》せる。

どうしようもなく問題が山積し、法律で禁じられているにも拘《かかわ》らず、かつてのカースト制度はいまだにそこここに顔を出しているこの国の人たちに、特に貧しい人たちには差別意識がない、などと言ったら、頭がおかしくなったかと言われかねない。

差別の過酷な、アンタッチャブルまでいる階級制度の国だったことを知ってのことか、と叱られるだろう。

「インドに愛がある、なんて大嘘だ」

と、かつて夫はそう言われていることに対して憤慨したことがあった。

道に寝かされた赤ん坊に牛のいばりが散り、たった二メートルほどの距離を、頭に載せた籠に砂利を入れて運んでは戻る、道路工事を手伝う貧しげなサリー姿の女性がいる。学校には通わずに仕立屋の机の下で裾かがりなどをしている男の子がいる。夫に秋波《しゅうは》を送る八歳ぐらいの少女もいた。赤く毒々しい口紅を塗った口から、大人顔負けの言葉が飛び出す。

現象面のみをとらえれば、それはそうだろう、と夫の怒りはよく分かる。

しかし、昔、大地が誰の所有でもなかった頃に、多分人々が感じていたであろう人間に対するより根本的な自然な感覚、つまり、皆同じ動物ではないか、といった当たり前のような考えが、ここではずっと生きている気がする。

灼熱の砂漠で生き抜いている人たちにとって、考えることは、遠いところでしかありえなかったのではないか。宇宙とおきかえてもいいかもしれない。

加えて、現在はカースト制度は表向きは禁じられているが、実はどうしようもない階級制度で成り立っているインド社会は、宿命という重みがずっしりとこたえる。宿命を背負っても、裡なる魂は自由なのでは、という気がしてくる。インドの極貧の人たちを指して、哀れだと言うのは容易《たやす》いけれど、「宿命」というとんでもないものを背負ってしまった彼らには、彼らのみの悟りが存在しているのだろう。

私は物乞いにも多い哲学者みたいな顔に出会うと、ついそう考えてしまう。一方で、下品で、おぞましくなるような顔が存在するのもインドではあるけれど。

そうしてふたたび私はインドの商店を思う。外国人に対して、媚もなければ、疎外もしない。

値段の駆け引きは鋭いけれど、どの店に入っても気持ちは穏やかだった。

だから、強引な論法を承知で、インド人の一般庶民には人間に対する差別がない、と思っている。

フィリピンの無人島に渡る——終の棲み家を模索《もさく》する

夫が、アメリカのレストランでチップに対して返ってくる、とびきりの笑顔に会うと、大変嬉しいと言ったことはすでに書いた。

フィリピンのシキホール島の海岸では、岩で裸足の親指を傷めた彼に駆け寄って、痛いでしょう、と掌に抱えて傷の様子をみてくれた一〇代の少女がいたが、彼の感激ぶりは想像を超えた。

「人の足をとっさに抱えるなんて。足だぜ、足！」

彼はほんのちょっとの優しさに触れると、どどっと傾斜してしまう。

どの国に居ても、夕闇が迫るころに、ポツンポツンと家に灯がともり始める。それを見て、

「ああよかった、あの家にも灯がともった」

と呟く私を見て、

「そんなに寂しい少女時代だったのか」

と思ってもみなかったことを口にする夫であった。

幼い頃に父が療養中、短い間、親戚の家に預けられた経験が、そのように言わせているのだろうと思うと、夫がふと見せる寂し気な表情から推して、彼の性格を作り上げているものが、多分に幼い頃の経験や記憶に依っているのに違いないと思った。同時にそのように夫が寂しげな時は、勿論、遠く離してしてしまった二人の息子への想いも翳《かげ》を射しているのであろうと想像して、そのような時は、私は自分を出口のない暗い洞に放り込む。


朽ちたような丸太の船で、フィリピンのシキホール島を経由して無人島に渡ったのは、一九九五年の春だったと思う。

無人島と言ってもシキホール島の海辺の雑貨屋が所有している島だけれど、そこにはブロックの小屋があって、泊まれるようになっていた。

縦一列に座る小さなエンジンを備えた船は、日焼けして屈強な面構えの若い船頭と私たち二人を乗せるといっぱいで、浜から押し出されると悲鳴を上げて軋みながら海に浮かんだ。足元に無造作に置かれたヤシの実が数個、舳先《へさき》に向かって転がっていく。

ゴーン、ゴーンと船底を突きあげる波を胃の腑に感じながら深い海に揺られていると、今、この瞬間に無人島に渡る酔狂《すいきょう》な人間が消えたとしても、針の先ほどにも世間は気づくまい、と私は紺碧《こんぺき》の海を見つめていた。

「ねえ、水漬《みづ》く屍《かばね》、って、随分露骨。身《み》も蓋《ふた》もない」

『海ゆかば』を小さく口ずさみながら、艫《とも》にいる夫を振り向いたが、

「どうしてそっちのほうの発想になるんだ」

と彼は頓着《とんちゃく》しない振りをする。

彼がそっちの方の発想、と言うには訳があった。いつの頃からか、もうずっと幼い頃からだったと思うが、私は深い自然に出会うと、必ず人に知られずに終を迎える格好の場所ではないか、と思い、それはススキの群生する高原だったり、葉桜の濃い山の街道だったりしたからだった。

当時七〇代と六〇代に差し掛かった私たち夫婦が、膝を抱えて小さなぽんぽん船で島を目指しているのは、島の一つが手に入るかもしれない、という耳よりな情報が飛び込んだからだった。

スリランカからの帰途、同じ飛行機に乗り合わせた、フィリピンには薬草採集のために年に数回出かけているという男性は、小さな島が時々売りに出ると言う。

行ってみよう、と勢い込んだのは、夫だった。ロビンソンクルーソーに自分を置き換えて、万に一つ来るかもしれないチャンスのために、私たちは船舶の海技試験にもパスしていた。五哩《マイル》以内ならば島を伝って航海出来るのだ。

ビサヤ地方にあり、よく知られたセブ島はこの今船出したシキホール島の北東に位置している。シキホール島から約一〇分の航海で向かった無人島は、ハマユウがブロック小屋を穿つ勢いで浜を覆い、砂浜はキラキラと真昼の光を照り返し、寄せては返す波の音だけが足許をすくうように響いていた。

「ちょっと手伝って、これって重いの」

バケツ一杯の水の重さにも匹敵するヤシの実を、船からブロック小屋まで運び入れながら、私は潮だまりを覗いている夫に言ってみる。

夫の目の先で、黄色の背びれを揺らして、透き通る光のなかを、小指ほどの魚が群れていた。

改めて見渡すと、そこここに小さな潮溜まりが出来ていて、人の気配にエビやカニがすいと隠れる。

ようやく運び終えた八個のヤシの実を小屋の前に転がした。水は雨水を貯めたものに頼るしかない島では、ヤシの水が何よりだ。

ほとんどの小島は水が出ないと聞いているので、どこか島が見つかったなら、まず水の問題を解決しなくては、と夫との意見は一致していた。この島で果たして水が確保出来るのか、少し不安でもあった。

さて、もう随分と客が来なかったらしいブロック小屋の天井の隅にはクモが巣をかけ、緑色したトカゲがブロックの隙間からチョロッと首を出して、訝《いぶか》し気にあたりを窺がっている。

物置小屋のような殺風景な部屋には、押すとキーキーと軋む竹製のベッドが二つ並んでいて、湿った毛布が無造作に置かれて客を拒否している。

ふと、以前にビザの切り替えの必要があってコスタリカからパナマとの国境に出かけた時を思い出した。国境近くに唯一宿としてあったのが、ブロック小屋だった。ぶんぶんと回りながら、時々悲鳴をあげて止まってしまう天井の扇風機が、いつ落ちてくるか恐ろしくて、まんじりともしなかった夜明け、ふと固いベッドの足許を見ると、緑色のイグアナが、へたへたと床の上を這っていた。見つめると、重い瞼を押し上げるように、無邪気な瞳をこちらに返してくれた。

目の前の海には、今、遠く真っ赤な大きな太陽が、水平線を茜に染めて沈みかけていた。白い光の帯を波打ち際にまでのばし、秒時計が時を刻むような速度で海に落ちていく。

早めの夕食を持参の缶詰めのイワシと少しのパンとサラダですませ、シャワー小屋を覗く。スレートの屋根の上で十分に貯められた雨水が、漏斗《ろうと》のような形をした容れ物を通して出てくる仕組みになっていた。垂れ下がった紐《ひも》を引くと、漏斗の下にある蓋が開く。

「ボウフラが湧いていないだろうな」

と先にシャワーを使っている夫は気味がわるそうだった。

生温《なまぬる》い水で汗を流してベッドに潜り込んだ。

満天の星空の浜辺で黒魔術？——夢から現実へ

異次元に引きずり込まれそうな気がして寝付けない。起きていたほうがまし、と浜に向いて造られた入口のドアを開けてみる。

息を呑むほどの満天の星だった。死にたいほどの恍惚《こうこつ》。厳《おごそ》かにさざめいて、星は天海を埋め尽くしていた。眠った筈の夫も寄り添って立つ。

宇宙を独り占めしている贅沢な感覚に二人とも声もない。

と、ふと、星たちがいっせいにさざめくのを止めた。一瞬の沈黙が空に走る。

「凄い！　星たちがおしゃべりを止めた。一斉に。ね、見たでしょ」

「ああ、見た。一秒ぐらいだったか」

「見守っているよ、って空からのサインね、きっと」

独りよがりの多い私の意見を、斜めにしかとらえてくれない夫も、この時ばかりは、この神秘に素直に納得したようだ。大きなあたたかい宇宙からの抱擁で、人間の深い罪さえ許しをもらえたような気がして、ようやく眠りについた。

どのくらい眠っただろうか、ふと、小屋の近くでかさこそと何かが動く気配がする。夫と二人だけが滞在している無人島の筈なのに、と、思った瞬間から恐ろしさは闇に広がり、怖さが脚を伝って歩くことさえ出来ない。

「入り口をしっかり閉めたか?」

「ちょっと見てこいよ」

と、これも夫。

「何かいたらどうするの、いつもそうなんだから!」

と、私。

夫が申し訳程度に窓にかかったカーテンを少し引いて外を覗いた。

「おい、なんだ、あれは」

月光が青く射す浜に黒い影を見せて、人が一人、背をかがめ具合に砂浜を歩いていた。打ち寄せられた木切れを集めているようだ。

早く着替えろ、パスポートは持ったか、灯油ランプの灯はともすな、音を立てるな、と矢継ぎ早やに言う夫に追い立てられるように服装を整えた。

「動物かと思った」

と、震えながら小声で言う私に、

「動物より怖いよ、人間のほうが」

実際、つい最近、小さな船舶が海賊に乗り込まれた事件があったばかりだったが、それを思ったのか、夫は続けて、

「落ち着け。何があっても戸を開けるな、なにかあればお前を守る」

講道館黒帯は頼もしい。闇の中で力を込めて握った拳が見えるようだった。

「無人島だって確かに彼は言ったのに。ところで今何時頃かしら?」

愛想のよい島の持ち主は、誰にも邪魔されない、心の洗われるような島だと言っていた筈だ。

ややあって、波打ち際に火の手が上がった。火影《ほかげ》にシルエットが踊っている。焚火をしているようだ。

「海賊じゃない、黒魔術だ、きっと」

怖さも募る一方で、恐いもの見たさに私は午前三時に高く、低く、爆ぜる火の粉をそっと見つめている。

姿から女性らしいと分かった人影は、火の粉を払いながら、蒼くまだ目覚めない海を望んで、立ち尽くしている。

「海の精を呼んでいる」

事実、さっき後にしたシキホール島では黒魔術が行われると言われていて、私たちがもしも島民に触れ、または触れられたら、すぐに誰かにタッチして災いを渡してしまいなさい、魔女が住んでいて、島民の間を行ったり来たりしているのだから、と空港のロビーで真顔《まがお》で話してくれた人がいたが、今、私はそれを思い出していた。

ぽっかりと、突然丸い野球ボールのような光が二つ、遠く闇の海に浮かんだ。ボールはふわふわと波間に浮いている。だんだんこちらに向かってくる気がする。

「きっと神秘な何かが起こる。絶対に起こる」

光の球は近づくにつれて、あたりの海に光のさざ波を起こしている。

と、砂浜の人物が、大きな声で何か叫んだ。

応《こた》えて、光が揺れる。そうして早暁の海に私が見たものは、ぬうっと現れた、ライトを額につけて、磯伝いに漁をしていたらしい二人の漁師だった。

二人は焚火で暖をとりながら、早速獲物のカニを荒縄でくくり始めたようだ。

思い込みの激しかった自分をお腹がよじれるほどに笑いながら、ふと見ると、あおられて黒魔術まで信じ込まされた夫が、憮然《ぶぜん》としてベッドの端に座っていた。

コバルト色の海に遊んだ三日間と、まるで異次元に迷い込んだような不思議な夜のことを、今でもふと懐かしく思い出す。

ふたたび、夫が病む——西洋医学を遠ざけて

あれは夫がメキシコで罹病した年から一〇年を数える一九九八年の早い春の頃だったと思う。

九州から千葉に、そして北海道に移って、やがて落ちついた光市の自宅で、七三歳なった夫は

腰の不具合をときに訴える事が多くなった。しかし、それは大した苦痛でもないという。実際、七〇歳を過ぎてから、カナダのヴァンクーバーに三度目の旅をして、しばらくここに住んでみようか、と言ったばかりだったのだ。

一九八八年の十二月、私たちはスペインのヴァレンシアでの滞在を終えて、メキシコのグアダラハラに出向いていた。夫がここで肝炎に罹《かか》ってしまったことは既に書いた。六四歳の誕生日を迎えたばかりだった。

夫は内科医だった父が、亡くなる直前は漢方薬に縋《すが》っていた様子を覚えていて、西洋医学の薬からは距離を置いていたので、小康を得てからは、以後、前述のように台湾やインド、フィリピンなどに渡って、気功を学び漢方の処方を得たり、肝炎に効く民間療法をさぐったり、アーユルヴェーダの病院を訪ねたり、マッサージを習ったりと、滞在地が自ずと民間治療の情報のある土地も含めることになっていく。

すでに書いたが、一九九〇年の初春、親しい幼友達がいる台湾を訪ねようと思い立った。現地の漢方の医者を紹介してもらう目的であった。

新竹市の街外れにあった医院で、夫の脈診をした漢方医は、肝臓の病気よりも膀胱に異常があると診断を下して、薬を処方してくれたが、実際のちに彼は膀胱癌の前期の手術を受けることになった。当時それらしい兆候が全くなかったので、診立て違いね、と軽くいなしたつけが、数年後に回ってきた。

その後、フィリピンの薬草の宝庫といわれるシキホール島に渡った時のこと。クワックドクター（インチキな医者）と呼ばれながらも土地の人たちに頼られているお年寄りが居ると聞いて訪問したが、竹林の奥に住むクワックさんは、踏み外したら豚の餌食《えじき》になりそうな、急な階段を上がった豚小屋の上の部屋に住んでいて、竹で編《あ》まれた椅子にやはり竹で編んだような薄っぺらな身体をして座っていた。

脈診はしてくれたものの、薬にする草が春にならないと芽を出さないと言われ、竹林を駆け回る子豚たちの濡れて冷たい鼻に脛《すね》を押されて山を下った。

「自分の身体なんだから、もう少し真剣になって！」

と言いながら、どう頼んでも一向に西洋医療に頼りたがらない夫の後を追う。

ならば、少し泳いで帰ろうと透き通る海に潜れば、サメが身体をかすめて泳いでいる。下顎が極端に上顎とずれている様子は、入れ歯を外した老人のようで、よくよく観察しながら沖まで泳いだが、あとでこの島の近くでは人食いサメも出没すると聞いて、青くなった。

「ただのおばさんです」――冗談でなかった脳の病

病いが高じて寝付かざるを得ない日々が始まる直前まで、私はよく当時暮らした光市の瀬戸内海沿いに、夫を小さなドライブに誘ったものだった。夫七四歳、私は六三歳の誕生日を迎えたばかりだった。

庭に出る時でさえきちんと身じまいをする人だったが、そんな人が、ドライブ帰りに浜辺でソフトクリームが食べたいと言い出した。珍しいこともあるものだ、と、瀬戸の海を見ながら食べ終えた時だった、ポイとコーンを捨てたのである。

「ちょっと、一体どうしたの？　お行儀が悪い」

呆気にとられて、コーンを拾う私に、彼は押し黙って、顔の皺が突然消えて、まるで五歳の子のような、無邪気な笑顔を返すばかりだった。

「おかしい、何かが起こっている、すぐ病院に行ってくる」

娘に電話をしてから訪れた徳山市の病院で、髄膜腫《ずいまくしゅ》の診断を受け、急遽、横浜の長女夫婦を頼って、その近くにマンションを借りて手術を受けることにした。

そう言えば病の前兆は確かにあった。たとえばお箸をポロリと落とす、とか、妙に音に敏感になったり、他人に対する警戒心が強くなったり、とかだった。人の気配がすると、カーテンを引いたりした。

たった二人で暮らしていると、相手の気持ちを推し量って、よかれと自分を合体させてしまい、夫が心療内科にも頑として行かないと言えば、連れても行けなかった。

二人だけの暮らしでは、情報量も限られていて、冷静な判断がつきにくいことを、この時嫌というほど思い知らされた。繭《まゆ》を破って出なくては、と焦りが募る。

横浜に住む長女夫婦の所で数日待機をして、横浜の労災病院で手術を受けることになったが、その前日に看護師がベッドサイドに立つ私を指して、

「この人は誰ですか」

と問い、彼は
「ただのおばさんです」

と私を凝視して言うではないか。

病気とはいえ、ただの、とまで付け加えて言われたときは、一瞬冗談だと思い、それから大地に身が吸い込まれるような、急激な寂しさが襲ってきた。

そんな風なのに、医者がＩＣＵという言葉を使って、医療の説明を私にした時には、聞きかじって、

「私は卒業していません」

と国際基督教大学の略称を言われたと思って、ベッドから頭を持ち上げて言う。

脳が半ば覚醒していると分かってみると、ただのおばさんと私を指した夫が、深層では私という人間を否定していたのかもしれない、と虚《むな》しさに、心はかさかさに乾いていった。

髄膜腫の手術も無事済んだ早朝、病室の入口に貼られていた〝精神科〟のプレートに驚いた夫は、面会に訪れた私に、

「おい、どうなっているんだ、狂ってしまったのか」

と憤懣やるかたない様子で問う。

光市を出てから横浜で手術を受けた間の記憶は全く空白であった。

病院から、借りたマンションに戻ったその日、

「歳をとった事を忘れていた、そうか、もうそんな身体になっていたのか」

夫はそう言うとじっと目をつぶった。

定年後、急《せ》かされるように、好奇心いっぱいに旅を続けていた私たちだったので、夫の言葉はごく自然だった。

その後の六ヵ月余りの間は、治ったと思っていた肝炎がぶり返し、診療のために、終末医療を担当してくれる医者が週に一回、看護師は三回も訪問してくれた。手厚い公的なサービスを受けながら、彼は自宅療養で、私の腕のなかで亡くなってしまった。

「これでよかったんだね」

と過ぎ去った日々を振り返って、同意を私に求めたのが最後の会話となった。

夫の遺志通りに、お葬式は行わず家族のみで牧師をたのんで、賛美歌を歌って荼毘《だび》に付した。

海に葬って欲しい、というのが彼の遺言であった。

夫の息を引き取る――「引き取ったものは無駄にできない！」

一九九九年十一月四日、寒い朝だった。

夫は、私の左腕のなかで、うなじをやや反らせるようにして、うっと喉仏をあげた。視点の定まらない瞳は私を見つめ、あらぬ方向に移して、やがて目の生気が失われていく。臨終だった。すっかりこけた頬に一瞬微笑みが浮かんだ気がした。

突然、彼を抱えた腕が硬直して、なにかが、居住まいを正すほどの強い力で鋭く私を打った気がした。瞬間、私は、彼の魂、すなわち「息」が引き渡されたのだ、という実感があった。つまり息を引き取ったことになる。

無駄に生きては行かれない。

亡くなる前日、午前二時頃だった。目を閉じていた夫が、突然「誰か来る」と虚空を掴んだ。深夜でもあり、異次元の何かに見張られているようで不気味だったから、自分の手を彼の顔の前で振って、「大丈夫、誰も来ていないわ」と落ち着かせた。

その前日には、私の旧姓を言って、早く呼んで来い、と当人の私に命じるほど意識は混濁し始めていたので、同じ流れなのだろうとも思ったけれど、同じ部屋に誰かの存在を意識するのはとても不気味なことだった。

事実臨終が迫ると、息絶えようとする人を愛する、亡くなった人がお迎えに来るというではないか。そのような事を私は聞き知っていた筈なのに、夫が「誰か来る」という幻覚を見た瞬間にはうろたえてしまった。

迎えに来てくれたのは、きっと彼の父だったと思う。追い返してしまった修正の絶対にきかない事実に、自分の浅はかな行為と冷酷さを思い出しては、突然に叫びたくなる時がある。不満を言うでもなく、静かに泰然と、夫は逝ってはくれたけれど、彼の父を無下に追い返しさえしなければ、彼は連れられて歓喜のうちに世を去ってくれたであろうに。

別れの時に触れた彼の身体の冷たさは、以前にスリランカで宝石店の主が、鷹揚《おうよう》に触らせてくれた、一握りのエメラルドの冷えと全く同じ地底の冷たさだった。

横浜で荼毘に付された夫は、ようやく帰り着いた光市の自宅で、若い友人に、大好きな『アルハンブラの思い出』を演奏してもらって、溢れる献花に包まれて旅立った。

私は以前から、「死」という概念を擬人化することにつとめてきたような気がしている。つまり、「死」は私を覆っている透明な膜のような物体で、生きていて、彼と私はうまく均衡を保っているわけで、私のエネルギーが減れば、彼はそこに付け込んで、こちらに侵入してくるに違いない。

不遜かもしれないけれど、もう生き切った、と、こちらがエネルギーをためれば、彼は欣喜《きんき》雀躍《じゃくやく》、スキップでも踏みながらやってくるのであろう。ならば、彼が侵入しやすいような身体になる必要がありそうだ。

夫を逝かせたある日のこと、私は僧籍を持つ友人に、

「息を引き取るという言葉は、看取《みと》るこちらが亡くなろうとする人の息を頂戴する、という意味なのね。良いも悪いも、亡くなる人の来《こ》し方の全てを引き取る、つまり彼の息を私が引き取ったのね」

と話したことがあった。

実は、目を閉じていた夫が最期の一瞬に私を見つめた時に、大きな光の球のようなものをどーんと私の胸に、正座を崩すほどの力で投げてよこしたのを感じていたので、言葉の意味がはっきりしたと思ったのだ。

「主語がないので、今まで気がつかなかった、逝く人が自分の息をすーっと吸い込むことから、この言葉が出たとばかり思っていた」

と続けたが、お葬式に出ると、亡くなった方を指して、昨夜息を引き取りました、などと家族が話すのを聞いて、勝手にそう思ってしまっていた。

しかし、なるほど、亡くなろうとする人の全人格を引き取ったのは看取った家族だったのだ。無駄に生きては申し訳が立たない。

当たり前のことを、当時六四歳にもなって間違った解釈しかしていなかったのか、と友人は呆れた。

海に還す――遺るものは心の中に

執着するという言葉の反語として、私はしばしば〝捨てる〟を使う。今まで、つとめて執着から距離を置いて生きてきたとは思っているが、「正《しょう》も捨ててしまった」

夫の名前を言って、その時私は少しおどけていた。

「あらっ、捨てられたんじゃなかったの」

一緒に食事をしていた女性編集者の新谷直恵さんが、悪戯《いたずら》そうにくるりと瞳を回して、私の目を覗く。肩がくくっと笑っている。

彼女は、亡くなった夫と私の、方便ともなっている〝捨てていく暮らし〟の有様を以前からよく知っている。

「ちょっと待って、もしかして、喧嘩をお売りでは?」

笑いに紛らせて彼女をちょっと上目で睨みながら、しかし、私は一方で、彼女の言うことは案外正解かも、と思っている。

先に死なれてしまっては、捨てられたと言っても間違いでもなかろうし、それに、晩年の彼がほんのかすかではあるけれど、ゆっくりとしたペースで私との距離を作っていく様子も感じていた。

二〇〇〇年の初秋、前年の暮れに亡くなった彼の遺言を果たすために、一応お役所に海葬のお伺いをたてて、知り合いの大工さんに頼んだ大工さんの釣り船は、住いのある瀬戸内の海沿いの街に沿って別れを告げながら、一直線に周防灘《すおうなだ》へと波を切った。横浜に住む長女一家が連れ添ってくれていたが、末娘の住む北米の方角になるべく舳先を向けて欲しい、と言って、難題に大工の船頭さんが苦渋する。

遠く九州の島影が浮かぶあたりで、船頭さんが、

「このあたりでどうでしょうか」

と、エンジンを切った。

「波も静かだし、ここで結構です。お世話さまになります」

大切に抱えてきた和紙にくるんだ遺骨を私はゆっくりと両手に捧げ、おもむろに船縁《ふなべり》から海に還したが、一見穏やかな海は、いざ腕を伸ばしてみると、大きく逆巻いて呑み込まれそうになる。

遺骨は、目にも止まらない速さで海底めがけて水を蹴って還っていってしまった。解放される嬉しさに、踊るように行ってしまった。

「行くよ、お先にっ」

包んだ和紙が水を吸う暇もなく、さようならと言うのがやっとの意表を突く速度だった。

「お父様らしいわね、せっかちねぇ」

船縁から危うげに半身を乗り出して見送っていた長女が、紺青《こんじょう》の深い水底を覗きながらあきれたように声をあげる。一緒に投げた菊の花束がゆらゆらと波間に漂って、なかなか沈んでくれない。

とっとと海底めがけて行ってしまった夫の話を、その後ご主人を亡くしたばかりのアメリカ在住の友人に話したことがあった。

「あら、うちの場合は、海軍士官だった彼が兵学校の桜の下に撒《ま》いてくれ、という遺言だったので、砕いて粉にした遺骨を、そっと江田島《えたじま》の桜の根元に撒いたの。そうしたら、まあ、風もないのに、撒いたお骨の粉が、黒いコートの裾にくっついて、掃《はら》っても掃ってもなかなか離れなかったの。往生したのよ」

と、彼女は困惑して裾を掃う様子を再現した。

ほんの僅かな羨ましさが私を襲う。

ジュディ・オングさんとの奇縁——背負っていた十字架……

祖国を離れて、夫と二人で繭にこもって浮遊するような毎日は、点と点を結びながら生きているようなもので、点と点をつなぐ線と空間、つまり、当然知っておくべき身近な世間の状況や社会問題を、無意識にスキップすることになっていた。

夫の職業柄もあって、もう十分にそのような世間は卒業したつもりでいた。定年まで勤め終えた自負が、定年後の我儘な暮らしの底にあったし、加えて、在職中は女房の私も、お陰で人並みに趣味の世界にも没頭出来、観劇や音楽会に頻繁に通う余裕も出来ていた。

しかし、空路を使っていきなり異国に飛んで行く生活は、線をたどる旅の面白さとゆとりを剝奪されたようなもので、いつでも浮いている気がしていたし、同時に浮きながら手足を伸ばして定着出来る土地をさぐるような、アメーバみたいな暮らしぶりなのだ。

事実、短波放送のラジオのみに、祖国の情報を頼らざるを得なかった結果、メキシコで浮遊しながら聴く一九九五年一月一七日に起こった阪神・淡路大震災も、祖国の大惨事なのに実感が伴わず、このような暮らし振りは、まっとうに生きるための軸が、ややずれているのではないか、と、考えた時期もあった。

さて、あれは千葉県の一宮に落ちついたころだったたか、旅のつれづれを素人ながら書き溜めていたのである方の紹介で、リエゾン社の新谷直恵さんに読んで頂いた。当時は夫婦連れの海外の旅が珍しかったので、一九九一年『旅は始まったばかり』のタイトルで新谷さんが編集をしてくださり、ブロンズ新社から出版された。表紙が山本容子さんと言う贅沢な本に仕上がった。書評もおおむね好評で、ＮＨＫでも編成局の深堀雄一さんが朝のテレビ番組や、「ラジオ深夜便」で扱って下さって、本は重版した。

毎日テレビでは『青い鳥いずこ』のタイトルで、フィリピン、メキシコ。アメリカを巡った夫婦の二人旅が放映された。勢いに乗るのは不思議だったが、放映されたあと、日ならずして、マガジンハウスの井東和也さんから声をかけて頂いて、北海道の白老にいた頃『世界で一番住みよいところ』を書き上げ、一九九七年に上梓することが出来たのだった。

こうして、夫婦の旅―アメーバ生活―を幸い書き留めることが出来た私だが、心の裡をすべて打ち明けるまでにはいかなかった。

夫には、そうして当然私にも、背負っている十字架があった。

夫は一度家庭を持ったことがあり、別れてきた二人の息子は日本で育っていた。再婚当時小学校の四年生だった長男、鈴木洋樹《ひろき》さんは成人して国際基督教大学を卒業して、スペイン留学も終えていた。夫は学費の援助など、生活費を含めて、出来る限りのことを二人にしたと思う。

結婚や出産などの祝い事に夫は出席する筈もなく遠慮をしたが、彼らが報告に来てくれると、嬉しそうな素振りをひた隠しにして、ややつっけんどんに彼らを迎えたものだった。

そのような事情もあって、私たち二人は祖国で世間なみの幸せに浸ることを、語り合ったことはないが、無意識に避けていた感がある。

彼らが成人になってからは、なるべく遠く生きてはきたが、やがて洋樹さんは画廊経営者としての事業に成功をおさめ、ヒロ・ヤマガタの日本代理権をとって年商数十億の事業を展開していたし、スペインの画家、レンツ・リャドのプロデュースを台湾出身の俳優で歌手のジュディ・オングさんと共同で始めたようだった。これらの話は『タイワニーズ』野嶋剛さんの作品に詳しく書かれている。

そのジュディ・オングさんと洋樹さんは結婚をして、六年間を過ごしてからそれぞれの道を選択して今に至っている。

全く台湾を知らなかった洋樹さんが、厚い壁で囲まれているような、重厚な家族制度のなかに加わったのだから、あちらも、こちらも、大変だっただろうと推測するのは易しい。

多くの国の言語に通じている、と言われるジュディ・オングさんは、特にスペイン語に堪能だったようなので、これもスペインに留学までしてスペイン語が流暢な同年の洋樹さんと、アートを通して親しくなったことはごく自然の成り行きのようだった。

そう言えば、豊中市の団地に住んでいた私たちの家を、幼い時から弟と一緒に度々訪れていた洋樹さんは、小学生の頃から、中学にかけて、後に妻になったジュディ・オングさんの姿をテレビで見かけては、可愛らしいなあ、僕はこんな子が好きなんだ、と言っていたから、ともかくも初志貫徹の有頂天ぶりは、彼にとっては当然のことだった。

ある日は炬燵《こたつ》に両肘を突いて、頬を挟んで、「可愛いなあ」を繰り返し、横に居た五歳下の弟までが、「可愛いねぇ」を真似てテレビを観続けていた様子が、私の日に焼き付いている。

夫が横浜で闘病生活に入ると、洋樹さんは借りていたマンションの高額な家賃も振り込んでくれていたし、箱根の一泊旅行などに、兄弟で夫を連れ出してくれていた。

兄の許《もと》で働いていた次男は、当時高価だった癌に効くと言われた「プロポリス」をわざわざブラジルから取り寄せてくれていた。

洋樹さんは夫の葬儀の当日に私の手を握り、随分な金額の現金をそっと手渡してくれた。

つい最近、あのひっそりとしてくれた行為が嬉しかったと連絡をしたら、彼は全く忘れていたと言うではないか。拍子抜けしてしまった。

ともあれ、安堵と彼らへの感謝のうちに夫は逝ってしまった。

第Ⅳ部　終《つい》の支度……そして、台湾に還《かえ》る

夫が逝ってしまってから――自分を見失った日々

夫を見送って後の一年間は、思い返しても突飛でとんちんかんなことばかりしていた。近くこの世を去らなければならない不特定の病人たちが抱える寂しさを思い、その人たちに何かをするのが生きている人間の務めなのではないか、これをしなければ私も死ぬに死ねないと思いつめていた。夫との一回り近い年齢差も、自分を彼と同じ年代に置くことにも慣れていたので、いずれ近いうちに自分にも死が訪れると信じていた。

終末医療の病院の片隅に置いてもらえないか、とまず考えた。

夫を看取った経験から、ベッドに居なければならない患者の、足の衰えやだるさを取ってあげられたらと思い、入院患者の足の裏のマッサージの奉仕をしようと、気負い立った。

パンフレットを取り寄せて、三〇万円を超える授業料を払えば技術の習得が可能だと知ったが、これは金額に見合うほど熱意が持続しそうもなく、沙汰《さた》やみとした。

その後、はたと気がついたのは、寂しく身よりのないお年寄りの存在だった。自分の身を筒抜けるような寂しさが、招いた考えではあったが、

「私、寂しい女性のお年寄りたちを、老人ホームに行ってハグしたい、いささかの癒しにはなるでしょう？　ハグは究極の癒しだと思うから」

これを聞いた年配の知人が声を上げた。

「あなたねえ」

と、彼女は言った。

「あなたねえ、それって、思いあがり。私はあなたなんかとハグなんかしたくない、それにお年寄りなんて言うけれど、あなたも完全なお年寄りなのよ」

しきりに刺青《いれずみ》に惹かれたのもこの時期だった。「身体髪膚之《しんたいはっぷこれ》を父母に受く、敢《あ》えて毀傷《きしょう》せざるは孝の始めなり」という孔子の言葉をよく夫が言っていたが、さて刺青がしたい、などという考えは、潜在的な夫への小さな抗《あらが》いだったのか。もしくは自身への破壊活動の一環か。

昔よく遊んだ貼り絵、つまり猫や犬などの絵が描いてある紙を裏返しに手の甲に置いて、水を上から塗ると、絵は甲に移る、という単純な遊び、を思い出す。

彫る勇気はない、ならば、貼ってみよう、と京都でわざわざ見つけてもらった貼り絵のバラの刺青をこわごわ腕の付け根あたりに、貼ってみる。

ちょっと腕を動かす度に、チラと見えるそれをどれほど独りで楽しんだことか。次はやや大胆になり、肩に貼ってみる。たまたま東京から訪ねてくれていた学生時代の友人が、恐竜の絵を片手に、ああでもない、こうでもない、と他人の背中で思案している。

「これってトカゲに見えない?」

「もう少し、尻尾をひっぱったら?」

ようやく肩に二センチぐらいの恐竜が一匹貼りついた。

末娘によれば、刺青は、水を弾くようなピンと張りつめた肌にあってこその魅力で、皺の寄る肌にするなんて、刺青への冒瀆《ぼうとく》、ということになる。家族の顰蹙《ひんしゅく》にあって、この遊びもやがて沙汰やみとなった。

独り籠る暮らしが続くと、必要もないのに、出会う人に時間をたずねることを繰り返した時もあった。娘たちは遠く離れて暮らし、この当時は光市に住んで三年目で、友と呼び合う人も近くにはいなかった。

ようやく道が見えてきた——新たな出会いのなかで

やがて二年が過ぎようとするころ、ようやく納得出来る道が見つかった。

スペイン語の勉強である。スペイン語圏を旅するときは、必ず語学校に通っていたが、この国の言葉を学ぶ人たちに共通する、べたべたとしない、しかしハートのある特長は、常に私をひきつけてやまなかった。

ちょうど隣町にスペイン語を教えてくださる神父の教室があると聞いて飛び込んだのだったが、案の定、友は皆優しく、それぞれが個人に徹しながらもあたたかかった。救われた、と思った。

お仲間と共にする外食も貴重な情報交換の場所でもあり、独りでは味気ない食事が俄然愉快なものになっていた。独り居の食事は、随分気をつけてきちんと時間になれば食べてはいたが、それでもマンネリとなり、お仲間との外食はよい刺激であった。これも気の合う仲間だからこそのことである。

さらには、そのルイス・フォンテス神父のお人柄があまりに人間離れをしていて、どうしたらこのような人が育つのか、「学んだことを全て捨て去った時に、初めて教養とよぶものが現れる」といつか聞いたことがあったけれど、神父はまさにそのような人物だった。

その出会いから生まれた著書『日本に住むザビエル家の末裔』を編集者・茂山和也さんによって彩流社から出して頂いたのは二〇〇三年のことだった。

地元の小さな喫茶店に週に二回ほど通い出したのもこの頃である。かつては客の間ではマドンナだったに違いない年配の主《あるじ》は、時にコーヒーを出すのを忘れて客と話し込む。客は飲んだと思ってお代を払って立ち去る、といった許しあった光景は笑いを誘ったものだった。

週に二回、これだけは休まずに隣町の市営の温水プールにも通いつめた。都会とは違い、コースも空いていて、人の邪魔をせずに泳ぐ至福を味わう。

また、一つお隣の町にはジャズを聴かせるショットバーがあった。アルコールはからっきし駄目だけれど、夕刻の早いうちに訪れては、耳慣れたごく易しいジャズを選んで聴かせてもらって、コーヒー一杯で退散する。長居をしようにも、このような場所にいる私を不愉快だと言うに違いない夫は、逝ってしまってからも、孫悟空の頭の輪っかのように、私をコントロールし続けているのは、しかし困ったことだった。

月に二度ほどの訪問だったが、店が近くなるにつれ、いつだって、まだ在るのかどうか心配するような、ほの暗いビルの地下の小さなバーだった。

夫が逝って、打てば返ってくる会話もないだけに、こちらの質問に応えてくれる店の主の、男性側に立った意見に感謝しつつ家路につく。途中、東洋鋼板の屹立する煙突が、すっかり暮れた夜空に火を噴き、二交代制の遅出の社員たちが黙々と会社の門に呑み込まれていく。

それから、ジャズを教えてくれる方を紹介され、通い始めたが、歌詞がリズムに合わず、辞めてしまった。

ロンドンの友人へお詫びの旅——若き日の出逢い再び

私には友人がひとり、ロンドンに居る。夫を失ったことを人づてに聞いたその友人クリス・ライダーから、弔問のメールが人を介して入ってきた。

後日、恩師のお伴をしてニューヨークに出かけたおりに、足を伸ばし、旧交を温めに彼の家庭を訪問した。若い人には通じないかもしれないが、映画『舞踏会の手帳』を気どっていた。

彼とは独身時代のかけがえのない絵を描く友達同士だったから、ふたたびの出逢いはかなりロマンティックだったが、この訪問には賛否両論があり、互いに若い時の記憶が残っているので、訪問は失望のみを連れてくる筈だ、というのが私の周囲の大方の意見であった。

メキシコにいらした故ワトソン・繁子さんを訪問していた時だった。彼女のファクシミリマシンを通してロンドンから頻繁に来る便りが、夫人のサロンの話題となった。

逢いに行こうか、行くまいか、と皆が格好の話題と飛びついて、ワトソン夫人は「私ならば逢わないいわ」と、さらりと言う。その場は、逢いに行くな、と言うスペインから亡命した貴族の夫人や、ぜひ行けというロシア人の画家など、男女をとり混ぜてかまびすしかった。

彼と私は絵を描く者同士の連帯もあって、話題に事欠かない青春の日々であった。私が結婚をした翌年、彼が転勤先の香港から結婚祝いを持って、夫の会社の受付に立ち寄って私の現住所を尋ねたことがある。

夫は自宅のアドレスを教えないように、会社の受付に伝えたことをのちに夫の口から知った。以来、夫が不愉快に思う関わりでは全くなかったことを知っていた筈なのにと、海を渡ってまで来てくれたクリスへの礼を欠いたやりように、申し訳ない思いを持ち続けていた。

そしてようやく、恩師のお伴をしてニューヨークに出かけたおりに足を伸ばし、巡礼と称して、若かった日の夫の無礼を詫びる旅をした。家族ぐるみの歓迎を受けて、短かった旅は終わった。クリスの一件を終えて、ほっとしたけれど、命ある間に、まだまだ知人たちに詫びなければならない事柄も多すぎる。今更の感もするけれど、人生の終末を詫び終えて括ることが出来るだろうか。


やがて、書きかけの繁子さんの評伝原稿が、自分では佳境に入ったと思った時に彼女の訃報を聞いた。急ピッチで筆を進め、メキシコに飛んで検証し『ワトソン・繁子　バレリーナ服部智恵子の娘』を彩流社から出してもらったのは二〇〇六年七月、夫が逝って七年近くが経っていた。

独りになってみると、見えてくるものもあって、ロンドン以外にも、書きかけた作品の検証のためにメキシコやアメリカに飛んだが、いずれ先細りする家計が見えてはいたが、旅する比重のほうが、勝っていた、と言うべきか。

旅の再開は鎮魂から——実感した時の流れ

旅を再開したのは夫が逝って一年が経った頃である。夫がお世話になった方々をメキシコやカナダ、アメリカと訪問する鎮魂の旅でもあった。年月はすでに四人を鬼籍に送ってしまっていた。ひとつの時代が終わったのだなあという感慨にふける。

評伝の取材の都合で立ち寄ったラスベガスで、スロットマシンの真向かいに座り、

「お願いだから出して頂戴」

と、夫が見ていてくれるような気がして懇願したことがあった。

途端にじゃらじゃらと出るわ出るわ。たった二五セントの硬貨の投資は交通費を贖《あがな》って余りある成果となった。

この話は、スロットマシンを仏壇に見立てたという尾ひれがついて、知人の間を顰蹙《ひんしゅく》を買いながら独り歩きをしている。

かつて夫と二人で初めて訪れたロサンゼルスで、随分親切にして頂いた日系二世の夫妻も亡くなった。この日系二世は、戦争中、「祖国は日本である」という一世の父親の意見に抗えずに、アメリカ政府によって隔離キャンプに入れられてもアメリカの兵役を志願しなかった。従って、アメリカに忠誠を誓いヨーロッパ戦線で先陣を切って活躍した、四四二部隊にはもちろん属す

こともなく、厳しいキャンプ生活を経て、そのままアメリカにとどまった人だった。

四四二部隊は、孤立したテキサス大隊を救うために戦って、無傷だったテキサス大隊に比べ、部隊の半数以上の戦死者を出している。この部隊が凱旋《がいせん》したときのパレードで、先頭に立ったのは、実際に戦って勝利を収めた日系二世ではなくて、白人だった、と当時聞いた覚えがある。まだまだ今では比べることも出来ないほどの強い差別のまかり通る時代だった。

戦後この知人は、アメリカに忠誠を誓った同年輩の人たちとはなんとなく離れて、ひっそりと暮らしているようだった。必要以上に警官や、白人の上役などに下手《したて》に出る様子に、ふとした翳《かげ》をよみ、つらく感じたものだ。

「せっかく来たのだから、ラスベガスに行って来なさい、楽しいよ」

と彼が言い、帰米二世の夫人がおにぎりを作って送り出してくれた。

日系二世たちで満員になったバスは、運転手に渡すチップのために帽子が回ってくるほどの打ち解けた雰囲気だった。まだあまり日系二世の訪日は盛んではなくて、広島近郊が親の郷里だという女性は、こちらが当惑するほどに、見たこともない日本に憧れていた。

再訪したメキシコのグアダラハラでは、自動車修理工場を営んでいた日本人を訪ね、亡くなっていたことを知った。貧しさがさせる少しのずるさを見せることもあるメキシコ人たちを、憤然とかばったのもこの男性だった。修理代は日数がかかっても必ず払ってくれる、と言い、ときに代金の代わりに山羊が持ち込まれると言った。

出たきり老人——老人ホームを探したが……

全てを捨てて、身軽になって終を迎えたい、という思いを持ち続け、特別にそれを意識して、追われるようになったのは、七〇歳を超えるあたりだったか。夫を亡くして五、六年が経とうとしていた。

そろそろ人生の収束の時期になったと感じながら、日々の暮らしに障《さわ》りのない健康なうちに身の処し方を考え、家を畳んで、雨露をしのげる小さな部屋をまず確保する。それから、そこを拠点にして、また考えればよい、と思っていた。

ともかくも、募る独り暮らしの先行きの不安もあって、年金生活者を受け入れる施設の見学を自宅のある山口県光市近郊で重ね、これと思う施設を決めて、入所の案内が来るのを楽しみにしていた。

わが家から数キロのところにあった、六畳一間にゆとりのひと部屋のある、温泉付きのある施設は、年金の額に応じて料金が決められていて、入所時の頭金も必要なく、月の負担の一番重いものが一二万円だったと覚えている。しかし、在室して居ようが、いまいが、三食の費用は納めなければならないと聞くと、外出の多い私には、これは少し困った問題だ、とちらとは思ってもいた。

ここに移れば、狭い空間に入るものは限られる。選択の余地が無ければ、モットーとしている「捨てていく暮らし」も否応《いやおう》もなく完結する。いわゆる「世間的な体裁」からも、さばさばと別れられるし、加えて、生前夫が一〇年という期限を切って土地を借りる約束をした、地主である親戚への義理立てもあって、律儀なほどに、一〇年を区切りに自宅を解体して更地にしなくては、と思い続けていたので、それも解消出来る。

申し込みを終えて、はしゃいで娘たちに電話をしたものだった。

決心を横浜に住む長女に電話で伝えた時のこと、

「ぜったいに無理だから止めたら」

三日で追い出されるに違いないから、と、娘は本気にしない。

「生活のすべてを仕切られて、我慢出来る？」

「出来ると思うけれど。それに鍵一つで外出出来る安心は大したものよ。駐車場も広いし」

「でも居ても居なくても、三食の食費を払う契約は、出かけてばかりいるから、ちょっと勿体ないんじゃない？」

「そうそう、『出たきり老人』という言葉があるそうよ。『寝たきり老人』の違うヴァージョン。まさにワタクシです」

「あら、まさにそれだ」

と娘は笑いながら応え、

「もう少し今の暮らしを続けたら？　いつか家の解体もしたい、って言ってたでしょ、自然にそうなる時期もくるから、あんまり慌てない方がいいよ、そうなったら、二人で協力しようって、話したばかりだし」

と、長女は妹の名前を言った。

「そうねえ、そんなふうに話してくれているの、ありがとう。言われてみれば、まだ何か出来そうな気がしてきた『一日の労苦は一日にて足れり』ね、『明日を思い煩うな』ってことか、じゃあもう少し此処にいるかなあ」

娘の屈託のない、明るい返事に、とたんに霧が晴れたような気がして、気がつけば、電話の脇に置いて悪戯書きをしながらしゃべっていた紙に、はみ出るほどの勢いで鉛筆が走っていた。

次女に息子が授かる――七三歳のベビーシッター

二〇〇八年の春アメリカのロサンゼルスから、現在は夫と東京に住む次女が弾んだ声で電話をよこした。

「赤ちゃんが出来たの、男の子。暮れのお産なの」

「良かったわね、三年間は見て上げる」

三年という期間を咄嗟《とっさ》に口に出した瞬間に、私の脳裏をよぎったものは、日本とアメリカを往復しながら働く娘に、安心出来るベビーシッターが必要であろう、ということと、二五年間もアメリカで暮らした次女に、最近とみに私の気持ちが素直に届かなくなった状況をなんとか修復したい思いだった。

いささかの恩を売って、彼女が母である私と接近せざるを得ない状況を造り出す、という考えがひらめいた。

同じ年の暮れに、私はアメリカで子を授かる娘の高齢出産に立ち会ったあと、彼女夫婦が生まれたばかりの息子と住むことになった東京の住まいに、山口県の光市から移ることになった。出産当時は、ちょうどアメリカ大統領オバマさんが選挙戦を奮闘中で、「イエス・ウイ・キャン」のフレーズが巷に溢れ、娘は一〇人近い看護師たちと一人の女医の、「イエス！ユウ・キャン！」の恐ろしくもあっけらかんとした掛け声のなかで第一子である息子を授かった。

老いの身支度真っ最中の七三歳の私に、孫の世話というふたたび生かされている実感の湧く日が始まった。母乳で育てたい娘が、仕事でアメリカと日本を往復する度に、孫と一緒に私も移動をする。先に出かけた娘を追って、一年に満たない孫を抱いての飛行機の旅も三回ほど経験をしているが、それは思ったよりも大変で、到着まで抱いているわけにもいかず、彼を毛布を敷いた床に直接寝かせる方法を思いついた。

もちろん咄嗟の場合は抱きかかえる用意はある。アメリカ系の航空会社は大雑把で、見て見ぬふりをしてくれていたが、日本の飛行機会社からは、安全上とんでもないことだ、と叱られた。

遠くの仕事の時は母乳を絞って冷凍をして次女は出かける。適温にして乳児に与えることも板についてきてはいたが、たいていの行事は事後報告で済ませる娘に、「それでは会話が成立しないでしょ」と私は言わでものことを口に出す。

私自身が台湾で生まれ育ち、異国の留学を経験したりして、自己確認に手間取り続けていたように、今日本に住むことになった次女も私と同じような轍《てつ》を踏んで、二つの世界に生きながら、居心地の悪い思いをしているのだろう。そのような安定を欠く気持ちは、時として身近にいる母親をいらだちの恰好なターゲットに選ぶ。

かつて長い夏の休暇には、彼女はたまたま海外で暮らしていた私たちを留学先のサンフランシスコの郊外からよく訪ねてきた。

「親元に帰省をしたくても、どこに帰ったらよいのやら。スペインに居ると思っていたら、いつの間にかコスタリカに家まで買って暮らしているし。自分が旅をしているみたいで、落ち着けなかった」

と今更に彼女は言う。

「分かってます、大変だったわね」

と言うは易いけれど、それを素直に言えない頑なな母がここにいる。意地の張り合いはこうしてえんえんと続いた。

ある時、次女が、自分の性格上の偏《かたよ》りの大部分は、母である私の育て方に問題があったのでは、とあげつらったことがある。

「そんなに昔の事を言われても」

と、話を切り上げて立ち上がる私に、真剣に聞いてよ、と前のめりに椅子をすすめ、果ては鏡に映る自分の肌を撫であげて、染みや頬のほうれい線までを母親の遺伝ではないかと撫でつつ、眇《すが》めつしている。

「えーっ、そこまで言うか!」

と苦笑して、幼児返りしてしまった娘の甘えを、不器用に受け止める。

二十四時間態勢で子守を受け持つ母に、どれ程の感謝があるのか、とふと疑う日もあって、ある日横浜に住む長女に、うろ覚えの賛美歌に託してそれを告げたことがあった。

「『報いを望まで、人に与えよ』って讃美歌があったわね、岸辺に播《ま》かれた種も、どこかの岸にたどり着いて育つから、って意味だった。これを毎日歌うことにした。精神衛生上非常によろしい」

遠い電話口で長女が噴き出す。

「出ましたね、ナンチャッテ・クリスチャン」

クリスマスとイースターなど年に数回しか教会に行かない母が、讃美歌を口にするのを聞いて、長女はそう言ってからかうのである。

結局根っこのところで、次女の成長を見守れずに思春期に手放してしまった自分への悔いと己《おのれ》のプライドに対し、なす術もない。

潜在的男性渇望症――封建時代の名残り？

私には、娘が二人いる。加えて長女も二人の娘に恵まれていた。まるで女護《にょご》が島だ、と亡くなった夫は言っていたが、今、末娘に男の子が授かって、外孫ではあるけれど、ようやくそれが破られることになった。

以来、

「男の子が生まれる、男の子ですって」

と、はた迷惑な電話を友人にかけ続け、

「あなた、男の子、男の子って、そんなに喜ぶ人って見たことがない、潜在的な男性渇望症かも」

と相手は本気ともつかぬ声で言う。

そのように言われてみると、その傾向は多少はあるかもしれない。

実際、幼い頃から言われ続けていた父の言葉、「お前が男の子だったらなあ」が耳にこびりついているのは事実なのだ。娘ばかりに恵まれた父は、最後こそ家名を継ぐ男の子が欲しかったようで、末っ子も女だったことにひどく落胆をしたようだった。これも旧民法の時代だからの話ではあるけれど。旧民法で思い出すのは、小学校時代に書かされた家族の履歴である。士農工商の階級意識が、植民地ゆえに必要以上に守られていたのか、両親の最終学歴や士族だったことまで記すことになっていた。

そういえば、夫を亡くして一年が過ぎようとしていた頃のこと、横浜の、とある店の前でお財布を拾って差し上げた紳士から、お茶をご一緒にと言われた、とまんざらでもない顔をして長女に話していた時のことだ。

前こごみになってテーブルで小説を読んでいたくせに、ふと頭をあげて、高校生だった孫娘はにやりと笑いながら、ひらりと言った。

「それって、おばあちゃまの願望でしょ」

『女性の品格』が問われる昨今、孫にまで揶揄《やゆ》されるか、と彼女の母親である長女と目を合わせた。

横浜駅の西口で、すこぶる付きのハンサムな青年から、白髪を褒《ほ》められて従《つ》いてこられて困った、と言った時には、長女が呆れた。

「それって、羽布団セールスの常套《じょうとう》手段なのよ。一枚七〇万円もするんですって。ふらふらと従いていかないでよ、まったく、もう」。

家の解体を決意――娘たちへの最後の贈り物

二〇〇九年もそろそろ終わりになる頃だった。孫のお守で上京したために、無人になった光市の自宅を解体することにした。

実を言えば、この頃には、庭を含めた家の管理の煩わしさが、極度なストレスを伴い始めてもいた。家の〝解体〟という言葉が頻繁に頭を駆け巡る。老いの身繕いは家の解体が済まなければ一歩も進展しないような、追い詰められた気分になっていた。

加齢と比例するように、雨戸の建てつけは悪くなるし、一度塗り替えた家の外観も、哀れ歳を重ねた自分を見るようなお粗末さである。

剝げかかったペンキをなぞりながら、ため息をつく日がやってきていた。

かつてこまめに樋《とい》を浚《さら》い、排水槽を掃除したエネルギーはとうに失ってしまっていた。

嫁いで仕事を持つ娘たちに、私が逝ったあとの煩雑な家具や家の処理をさせたくはない思いが、とても強くなってきていた。家を解体して全てのものから解放されることは、十分に親思いで見守ってくれている彼女たちへの、せめてもの母の最後の贈り物、とでもいうところか。

解体を決めたは良いが、しかし費用の捻出に頭が痛い。

予定した金額をはるかに超える費用が必要なことが分かったからだ。

親しい友人に二社に頼んでとってもらった見積もりは、予想以上の金額だった。

たった二二坪の安普請のブロックを三段摘んだだけの家で、建築費の一割以上にもなる。

「一六五万円ですって。予定した一〇〇万円を随分超えてしまったなあ」

「あんな小屋でそんなに掛るの？　もう一軒、地元の業者に頼んでみたら？」

と、末娘が言う。

「だって、自分は現地に居ないで、お願いをしたんだから、義理を欠くでしょ」

「とにかく、もう一軒見積もりをとった方がいい、常識よ。先方もお商売なら絶対分かってくださるって」

もしも一六五万が動かないならば、と、末娘が援助を申し出る。

「不足分は私が彼と相談して出せると思う。でもその半分は使ってもらうけれど、半分はお貸しします」

「えーっ、あなたから借金するの？　生まれてこの方、借金なんてしたことがないのに」

「とにかくお金についてもっと学ばなきゃ！」

「どういう風にさ」

と、やや鼻白む。

「あのね」

と娘が膝を乗り出す。

「あのね、見積もりというのは、検討する材料なの。これこれの予算しか予定していないので、と言って当たり前なの」

「言いにくいなあ」

「当たり前のことがどうして出来ないのかなあ、まったくわからない……。予定した金額の少し少なめの金額を示して交渉するのが普通なのよ。そうして両方が歩み寄るの。精神論で人間は生きてはいけないの。だって、今は年金以外に収入はないわけでしょ、自分で稼ぐとお金の大切さがわかるのよ」

「ごもっとも」

結局娘の意見をいれて、他の業者に当たった結果、重機を家のそばまで入れる条件で、費用は予算内で収まった。

ひと思いに家財を処理する——娘たちからは「何も要らない！」

さて、解体を決めて、欲しいものがあれば、と声をかけた長女は、

「何にも要らない、子供の部屋は狭いし、みな大きな体をしているから、とにかくわが家の空間は狭い。私だって捨てる苦労が始まっているもの」

次女は

「欲しいと言ったって、たいしたものもないからなあ」

と言う。それを聞いて、

「よし、決まった。なにも要らないのならばさっぱりと捨てる」

そう宣言すると行く手は清々しい。捨ててこそ浮かぶ瀬もある、と言うではないか。

今度の引っ越しは、孫のお守は便宜上の理由で、いずれは一部屋の終の棲み家に至る通過地点と心得ている。つまり予行演習なのである。

十分に使用出来る家財を、誰に引き取ってもらうか、考えあぐねて、ふと裏の丘に住む若夫婦を思い出した。

事は上手く運んで、二年前に求めた冷蔵庫や修理をし終えたばかりの古いシンガーのミシンが丘に移動する。このミシンで、幼い頃から少女時代までの娘たちの洋服を縫いあげ、ウール地で夫のワイシャツさえ縫ったこともあった。しかし、いかんせん持ち運びには重たすぎる。勿体なさと腰痛を秤《はかり》にかけて処分を決めた。かなりの量の食器も丘に移動した。

「もしかして、ピアノは要りませんか？」

捨てて行く暮らしではあったが、ピアノだけはいつも置いていた。ちょっとした心の余裕が欲しかったからである。

結局それも業者に経費を払わずに引き取ってもらった。

油絵の道具や大型のイーゼルは知人の画家のアトリエに収まってくれた。

数点の油絵のみが大きな梱包となったが、あとは、引き出しの多い整理箪笥《たんす》が一竿だけである。この高さ一メートル、横幅が二メートル近くある整理箪笥は、その日のために新しいものを入手し、折にふれて予行練習を終えていた。

靴に至っては、四〇足を捨てる。執着から離れることをモットーにしているのに、このフィリッピンのイメルダ夫人のような有様はおかしな話だけれど、外反母趾《がいはんぼし》は靴を選び、見かけた時に求めなくては、いつ都合のよいものが見つかるか分からず、さりとて、殆どの靴は帰宅して少し履いてみれば足に合わず、結局靴箱を彩ることになっていた。人生で、私が浪費したものといえば、靴以外には考えられない。衣装に合わせて取り揃えた靴も随分あったけれど、いまさらハイヒールを履いて着飾る場所もなし、と潔く捨てる。

経済が先細りするこれからを案じて、手伝いにきてくれた友人は、

「又買う時にお金が必要でしょ、そんなに捨てなくても」

と言うけれど、このあたり、私の気持ちを分かってもらうのは難しい。

「でも彼が生存中に、相応に、持つべきものは、持った、とでも言い換えられるかなあ。も

う七〇年以上も背伸びをしないで生きてきたんだもの、欲しいという気持ちが、これからもおこらないと思う」

必要な物も、工夫で躱《かわ》せる自信もあって、私はそう友人に告げた。

そして付け加えた、

「多分私が日本に生まれていたら、それこそ地縁、血縁のしがらみもあったでしょうけれど、何せ、そんなものが全くない台湾で育ったせいか、良いも悪いも、引き継ぐものが全くないの。それは私をある種の情緒欠落型の人間に作り上げている気もするけれど」

しかし、処理が終わって体重の八〇パーセントさえも捨てたような気持ちの身軽さに、スキップでもしたいような日々が始まった。

家が流す涙雨——忘れがたいヘビやムカデの思い出

解体を見届けるために、東京から山口県の宇部空港に飛び、レンタカーを駆ってようやく光市の自宅に到着した日のことである。

さっきまで清々と澄み渡っていた一一月初旬の空が、着いたとたんに真っ黒な雲の塊に覆われてしまった。塊は大地を襲うようにずんずんと音を立てるように降りてくる。海に向かってなだらかに下る南斜面の庭の東側に植えたキョウチクトウが、葉裏を返してざわざわと枝をしなわせていた。

「雹《ひょう》が降ってくるなんて」

暖冬の身じまいで従いてきてくれていた長女が寒さに震えている。

頬をなぐる礫《つぶて》のような雨をさけて、わが家の軒下にとびこみながら、地元の漁師たちが「地獄の底を見るような」と表現をした、引き潮でごつごつとした真っ黒な岩が遠く連なる海に目を移す。

この情景を見るたびに、私は西東三鬼《さいとうさんき》の『暗い沖へ手あげ爪立ち盆踊り』の句を思い出したものだった。なぜかこの世とあちらの境に立つ気がする句だと思っていた。

「ねぇ、涙雨っていう言葉を知ってる?」

と娘に問いかける。

「ほら、お葬式で雨が降ると、去りがたい人が最後の別れを告げて流す涙だって、よく言うじゃない、この雨はきっとそれよ。解体される家が流す涙だと思う」。

「それって初めて聞いた」

雨脚が強く屋根を打つのを聴きながら、これは目の前の瀬戸の海に散骨した夫の深い惜別の情かもしれない、とふと思う。

雨は二時間も大地を叩くと、さっと去っていった。

いま、降りしだく雨の中を、庭の傾斜地につい最近まで使っていた畳を滑り止めに敷いて、ブルドーザーの鉄の爪が、わが家に襲いかかっている。

捨てられ、踏みつぶされるものへの思いが胸に込み上げて、沈んでゆく心の収拾がつかなくなってしまった。

「捨てていく暮らし」を掲げて、必要最低限の品に囲まれて過ごし、常に自分が主体の言いようで暮らしていたが、それが薄っぺらなご都合主義だったのではないか、と思い知らされて、己の傲慢さ加減に、ひたすら小さくなっている。

折節《おりふし》に詮ない独りごとを聞いてくれていた裏に広がる国立公園の緑の雑木林とも別れるつらさは、想像以上で、あれほど嫌ったムカデやヘビさえが別れがたい。

彼らを見かける度に、ヘビは棒きれをそっと彼の腹に沿わせて、導くようにお引っ越しを願い、さて、ムカデは仇《かたき》とばかりほうきやスリッパで執拗に殺してしまった。

初めて一五センチはあるだろうムカデを寝室の壁に見つけたときの恐怖は、身も竦《すく》むほどで、ほうきではたくけれども穂の先にもぐりこんで出てこない。助けを求める夫も逝ってしまったし、どれ程の恐怖で仕留めたか。

今度は息も絶え絶えな彼をほうきのまま、咄嗟にトイレまで運び、彼はあえなく流されることになった。がしかし、ムカデが息を吹き返して上ってくる新たな恐怖が襲う。節足の筈だから、例え切り離されていたとしても恨みを背負ってやってくるかもしれないではないか。それにムカデは常に夫婦連れで行動するそうだから、連れの仇とばかり部屋の隅に潜むもう片方のムカデこそ心配だった。

結局、トイレに目張りして、別の部屋に寝て、翌日の夜明けに、車でコンビニエンスストアに駆けこんで化粧室を拝借した。

しかし、まだ刺されてもいないのに、こちらの恐怖が相手の命を奪った訳だから、詫びて済むわけがない。置き換えて、流言で恐怖が募れば人殺しもしかねない人間の業《ごう》を思う。例のアメリカの9・11では、憎しみと恐れが、顔つきが似て髭を生やしているというだけで、対象の人たちへの排斥があったと聞いた。

かつてインドで、自分の歩く道筋を細い棒きれの先で掃くようにして歩く僧侶に出会ったことがあった。歩くためには、土を踏まねばならず、踏めば幾千の微生物や潜んでいる虫を殺すことになり、殺生《せっしょう》を戒めるジャイナ教の真髄を見た。

いつだったか殺虫剤の広告に『虫さんごめん』という名前の薬の広告を見たことがあった。「ごめん」と言いながら殺すという作業はよく考えると恐ろしい。

虫といえば、話はメキシコのクエルナバカやコスタリカに飛ぶ。あのあたりではムカデよりもサソリが出没する。

ぐんと身体をそらせて、威嚇するように壁を這う彼らは、石垣の間を好むらしく、土台が石で組まれた家でよく見かけた。

侵入を防ぐには、女性の髪の毛を家のまわりに敷き詰めるとよいとメキシコのある村で聞いた。

「生きた人間の、それも女性の髪が家の周りを囲むなんて、信じられる？」

と、その不気味さをある美容師に話したことがあったが、彼いわく、

「日本にもそんな話がありますよ、女性の髪の毛の栄養を、畑の肥料にと考えた人が、畑にまいて、立派に育った大根を収穫したら、何処を輪切りにしても、髪の毛がもやもやと入りこんでいたそうです」

これ以上に気持ちの悪い話があろうか。

ロサンゼルス空港で入国管理局に連行される——孫のお守りも「不法就労？」

孫のお守りも板についてきた二〇一〇年の暮れのことだった、次女の都合で、何度も太平洋を往復しなくてはならない乳母役の私は、一年間に三回孫を連れて行き来し、四回目に一人でロサンゼルス空港にノービザで着いたとき、イミグレーションのオフィスに連れていかれてしまった。

なるべく親切そうな係りを目でさぐり、笑顔を絶やさないでいる彼にあたって、ようやくほっとしたのに、彼はとんでもなく意地の悪い男性だった。法律違反はした覚えもないし、人の目のあるなかを、「ちょっとあちらの部屋に」と罪を犯した人のように係官と歩く恥ずかしさで膝の震えが止まらない。喉はからからで言葉も出ない。

重いドアを開けた係官は、それでもレディファーストと、私を先に案内する。部屋の中央にある大きな丸い柱を背に、粗末な木製のベンチが置いてあって、連れてこられた東欧系らしい若夫婦と赤ちゃん、それにメキシコ人らしい中年過ぎの痩せたおじさんが、一斉に不安げな目を私に投げかけている。お前は何をしたのか、と探っている。

部屋の壁を伝った左奥にはガラス窓で仕切られた小部屋があって、中ではアジア系らしい背の高い青年が、へこへことおじぎを繰り返しながら、横柄に見える係官に何か訴えていた。

若い、きっとフィリピン系の女性だろう、やや舌足らずの英語を使う小柄な係官がちょっとした威厳を見せながら、事情にうろたえて、コンピューターが三台もくっついて置かれてあるデスクの前でうろうろする私に、

「あなたを呼びましたか?」

「いいえ」

「それじゃあ、座って待ちなさい」

慌てて席をさがす。

「理由はどうであれ、一年のうちで祖国の滞在期間よりもアメリカ滞在が多いのだから、これは三ヵ月のノービザの違法利用です」

「実際、これを悪用して多くの人が九〇日間この国で就労を繰り返しているのです。ビザ・ウェイバー・プログラム（ＶＷＰ）は三六カ国の国民を対象に、短期の商用や観光目的とする人たちのためにあるのであって、あなたの場合は適用出来ません」

私もせいいっぱいの丁寧な言葉で答える、

「内容の解釈はそれぞれでしょう、私は孫の面倒を見るために、必要があって来ています。ここで止められるのは全く心外です」

「孫の面倒を見るため、とあなたは説明するけれど、それではベビーシッターを娘さんは雇うべきです。労働違反にもなりかねない。グリーンカードの労働ビザを取りなさい。あなたがどれ程のベビーシッターとしての賃金を貰っているか分からないけれど、飛行機代を払うくらいならば、こちらの優秀なベビーシッターが雇えます」

「祖母が賃金を貰って孫の面倒を見ているとでも、あなたは考えているのね」

「この国では当然です。フルタイムで孫の面倒を見て、賃金を貰わないほうがおかしい。それにあなたのように、ビザなしを利用すれば、就労のために、この豊かな国に来る人は後をたたない筈です」

ややあって、彼女が言った、

「記録を見る限りでは今まで違反は全くありません。これからは滞在期間を散らすことです」

うっかり、有難う、と言ってしまって、しまった、と思った。

旅券を奪いとるようにして、部屋を出る。

彼女が手元に手繰《たぐ》り寄せた私の出入国記録は三ページにもわたっていて、この国を経由して随分旅をしたのだなあ、といささかの感傷に浸る。

振り返ると、メキシコから来たらしいおじさんは、メキシカンハットを膝にチョコンと置いて目をしばたたかせている。この奥まった小心そうな目が、いかにもつらい労働を経て、やっとアメリカに辿り着いたことを語っているが、このおじさんは何をしたのだろう。メキシコを象徴する帽子などはスーツケースに入れてくればよかったのに。

ついメキシコとの国境をアメリカ側から越えた三〇年も前のことを思い出した。メキシコの労働者がアメリカに不法越境するのは周知の事実だけれど、思い出したのは、メキシコ国境に近いサンディエゴまで、ロスからAMトラックの汽車に乗った時のことだった。

越境し、国境警備隊に捕まったメキシコ人労働者が汽車の通路に並ばされていた。悪びれた風でもなくビニールの紐で数珠《じゅず》つなぎにされて、窓の外の風景を眺めている。

咄嗟にトイレに隠れる人もいて、そこだけビニール紐がV字型に引っ張られ、隠れているのは明白で、係官がノックする。

「セニョール、そこに一日中居る訳にはいかないのよ、出てきてよ」

と話しかけ、最後にポルファボール、どうぞお願い、と懇願している。係官もメキシコ系の女性らしく、多分やりきれない思いで同胞を紐でつないでいるのだろう。

目が合うと、ニコリとする捕らわれた労働者たちに、同情の微笑みを返すべきだったのに、お役所側に立ってつれない顔をしていた融通のきかなかった自分を、今思い出してもやりきれない。

そのようなこともあって、私は思いっきりの笑顔で彼にエールを送って移民局の部屋を出たのだった。

この長閑《のどか》とも言えた連行風景も、だんだん昔の話となり、二〇一〇年四月に成立したアリゾナ州の「移民法」は、アリゾナ州議会がアメリカ全国に先駆けて、僅少差で、本来は入国管理に携わらない警官に、不法な入国者と思えばパスポートの提示を求められる権限を与えることを、可決した。

これを知ったオバマ大統領が、移民政策は連邦法の管轄下にあるとして、施行差し止めを求め、アリゾナ州フェニックスの連邦地裁がこの移民法を差し止めた経緯がある。ひとつの州から波状に広がる、この法律を懸念しての事であろう。ともあれ、メキシコ不法移民にとって、これまで以上に厳しい現実が待っていることとなりそうである。

ハカランダの花に思う――クエルナバカの思い出

孫を乳母車に乗せてロサンゼルスの郊外を散歩する。

昼下がりの住宅街は人もまばらで、たまに行き交《か》う人が孫を覗いては声をかけていく。「まあ、お豆さんみたい」や「なんて、美味しそう」というのまである。

さてロサンゼルス郊外の歩道添いにはハカランダ（紫雲木）の大樹が、紫色の花を競うように咲き誇らせている。二センチ余りの釣り鐘状の花が集まり、咲く様子は、その名のごとく低くたなびく紫の雲を見るようである。

散り敷く花も優しげで、薄紫のじゅうたんがえんえんと続いている。とは言っても、この樹は曲者《くせもの》で、大きくなるにつれて、太い根が歩道を持ちあげて、すこぶる歩きにくい。それは、まるでてこでも動かない強情な人間が、両手を広げて横たわって駄々をこねているようだ。

ハカランダの花といえば、数回にわたって暮らしたメキシコのクエルナバカの並木は、堂々とおごそかに、空を紫に染めていた。

スペイン内戦（一九三六～一九三九）を逃れ、あるいは戦った末に逃げ延びたスペイン人たちが、この地に亡命し、その多くがここに住み着いていると聞く。

モロッコから決起したフランコ将軍率いる右派の反乱軍に勝利を譲った左派の人民戦線側の

人たちで、実際、内戦という言葉が示すように、家族同士が分かれもして、血を血で洗う激しい戦争を経験した連中だった。

以前にスペイン語を習った福岡市在住のルイス・フォンテス神父によれば、貴族だったご自分の伯父さん二人は、共和国政府側の人民戦線がソビエト連邦と組んだのを知り、赤色テロを恐れて、右派のフランコ将軍が率いる反乱軍を支持したという。

結果、人民戦線軍から、生きているうちに両手をくくられて、海に放り込まれた残虐な行為があった話をしてくださった。これはまさに台湾で起こった白色テロと同じではないか。

フランコ将軍側もドイツに応援を頼んだ結果、例のピカソが描くゲルニカ村の空爆が行われ、死ななくてもよい市民が大勢殺されている。

メキシコは人民戦線側をソビエトと共に援助した数少ない国の一つで、一万人に上る亡命者を受け入れている。知識階級はもとより、とくに孤児になった子供たちを受け入れた結果、彼らが成長して、この国の強い礎《いしずえ》となっている。

そのような人たちが住んだ屋敷は、長く高い塀に囲まれ、塀沿いの歩道に屋敷を守るように、ハカランダが植わっていた。ごつごつと歩道を持ちあげる根に、亡命スペイン人たちの硬質な気質を見るようだった。

花の盛りになると、うっかり足を乗せればずるっと滑る散った花の掃除に、メキシコでは使用人が毎朝二時間近くをかけ、主人は歩道の掃除のためだけにお金が消えていく、と嘆くから、ハカランダも可哀そうな花である。

夢に媽祖《まそ》が現れた――少女時代の記憶

夫を失くして一人旅が続いていたが、ある時、台湾を訪れて帰国したその夜、朱色の袂《たもと》を波頭すれすれに翻《ひるがえ》しながら、女性が一人、深い海の上を自在に踊っている夢を見た。一面に薄紫の靄がたちこめるあたり、紅の裳裾《もすそ》も堂々と、彼女は手に触れそうなところで舞っている。

媽祖《まそ》に違いない、と醒めやらぬ頭で私は思いを巡らしている。媽祖は中国の福建省のとある港町に生まれた巫女《みこ》で、台湾では航海の無事を守る天上聖母の筈だ。

台湾の何百とある媽祖廟《びょう》の飾り立てた極彩色の佇まいと同じように、まるでとりどりの色の重さが計れるようなぽってりとした衣装を身に着けて、彼女は私の瞼の裏に勝手に棲み付いて踊っていた。そうしてそれは、小学生の頃からずっと心にとめていた、ある情景に私を連れて行く。

日本が第二次大戦に破れて二年経った一九四七（昭和二十二）年、亜熱帯の台湾ではもう梅の季節も終わる二月のことだった。あの日、「序」でもふれた廖文毅《りょうぶんき》さんは、「きっと媽祖が守ってくれるよ、心配ないよ」

と、向かい合って座った父にそう言っていた。金縁の眼鏡をかけて、小ぶりの血色のよい顔から穏やかな笑みがこぼれていた。

廖のおじさんと呼んでいる、目の前にいる人物が，警察が追っているほどの危険な人だと言われているのを知って、太く伸びた藤棚の蔓が、もつれて棚からぶら下がっているのにすがりながら、小学校五年生の私はベランダの二人の会話に耳をそばだてていた。

実は、この数日前に、庭師の周《しゅう》さんが、廖さんの著作物を友人から預かったために、戦勝国として、日本が統治していた台湾に進駐してきた国民政府軍の、秘密警察に連れて行かれたが、その時の恐ろしかった尋問の様子を身振り手振りで母に訴えたのを見て以来、怖さ半分の興味は募るばかりだったのだ。

「廖さんと話したこともないのに、嘘をつくなって何回も殴られた。痛かったよ、ほんとうに。本は目の前でびりびりに破かれた」

そう言うと、周さんは午後の休みをとって出て行ってしまった。

この頃、わが家の半分は国府軍に接収されていて、まだ名目上は蔣介石の軍政下にいる廖さん一家、アメリカ国籍の夫人と二人の子供が、時折訪れる父親と西側の二階四室に住んでいた。

廖さんは京都の同志社中学を経て南京大学で化学を教える学者でもあり、技術大佐の肩書もあって、日華事変で戦禍が南京に及ぶと、家族を台湾の故郷に預けて、重慶の蔣介石のもとで抗戦した闘士だったはずだ。その彼が、台湾独立を叫んで苦楽を共にした蔣介石に真っ向から逆らっているという。

あれは同じ一九四七年二月二十八日の事だった。寝入りばなに、私は門扉のあたりから聞こえた数発のピストルの発射音に飛び起きる。とんできた母も、

「大丈夫、だいじょうぶ」

と気丈に言いながら、私をしっかり抱きかかえた。

この五日前にすでに香港に逃げていた廖さんを探して、執拗な家宅捜索が行われ、土足のまま二〇人ぐらいの兵隊たちがずかずかと上がってきた。青いナイトガウンを着たままの廖夫人の、たぎるような怒りは、普段は茶色の瞳を金色にして、兵隊たちを射る。

さて、台湾の独立運動が盛んになったきっかけが、この日に起きた、いわゆる２・２８事件と呼ばれる暴動だったと言われている。

敗戦の責任を問われる日本側から、植民地だったとはいえ、するりと戦勝国の中国に移った台湾人を、大戦中に敵だった大陸の中国人が疑いもなく扱うはずもなく、行政府の要職を蒋介石とやってきた大陸の人たちで占めるのは当然だったかもしれない。しかしそれを踏まえてなお、日本の植民地支配から脱した台湾の主人公に、台湾人自身が当たろうとする期待がはずれたことへの不満や、本来ならば統治国の日本はアメリカやその連合軍に負けたのであって、中国に負けたわけではない、と主張する人たちもあり、進駐してきた軍隊や大陸人官吏の目にあ

まる腐敗と汚職への鬱憤と、が、比較論として、日本の植民地支配時代を懐かしむ風潮ともなり、それらが沸点に達して、この事件につながったと言われている。

また、言語の問題も加わった。日本語を話すことを半ば強制され、台湾語さえおぼつかなくなっていた台湾人が、戦勝したために、大陸の共通語の北京語を強いられることになった。言語の運んでくる有形無形の文化の疎通が全く無くなったことを意味する。一方で、言葉が分かる人にしか伝わらないことを理由に、一方的に情報が流れる利もありそうだ。

この暴動以来、日本統治時代から、深く静かに存在していた台湾民族の独立運動に火が注がれる結果になったようだ。

2・28事件は、タバコの密売を摘発された老婆に同情した台湾人の群衆が、摘発した側の汚職収賄が日常の大陸人に反発して暴動化したものだと言われているが、翌日から始まった大量の軍隊による台湾人への取り締まりは言語に絶していたと言われ、犠牲者は二万人以上に達したと聞く。

「群れ」と「孤」の問題――ペーパーバッグ・レディを想う

自我を解く方法の一つなのでは、と、ある時インドで出会った女性がヤマギシ（山岸）会という生活共同体を推していた。

三重県の山奥にあって、その共同体の核になる考えは、個人財産をすべて捨てることから始まるようだった。捨てることには何の痛痒《つうよう》も覚えないけれど、団体のなかにも生活があるわけだし、意識を改革しただけで、群れの中に居る居心地の悪さは払拭《ふっしょく》出来るものでもない。

孤にこだわったほうが、私にとっては自然であろう。

ある時、朝日新聞の記事で、発掘調査からチンパンジーのメスは群れから好んで離れる傾向にあることが分かった、と『ネイチャー』の論文の紹介があった。私は自分がチンパンジーにより近いことを実証するような記事を読んで、大変納得するところがあった。

社会生活を捨て、孤にこだわった場合は、行き着く先はペーパーバッグ・レディとなる。

以前横浜駅西口で西側の出入口を背にして、かつては満足な暮らしをしたことを忍ばせる大柄の女性が、悠然と立っていた。

冬にはすり切れたアストラカンの黒いコートなどを着ている。ある時はおいしそうなサンドイッチを、身なりの良い紳士と柱にもたれて語らいながら食べていたのを見かけたが、もう見かけなくなって久しい。最近はそこを通る度に落とし物をしたような気持ちになる。

彼女が居た場所を三角形の頂点として、地下街に通じる幅の広い階段が目の前にあり、駅前の広場を囲んで左右に道がのびている。

ある日、彼女を真似て、一メートル四方にも満たない彼女のサンクチュアリに立ってみた。

スケールを拡大してみると、大勢の人が行き交う階段はまるでピラミッドの頂点から見下ろしているようで、かつて訪れたメキシコのテオティワカンを思い起こさせる。階段を上り、やがて下りていく群衆に自分をなぞらえて、自在にどこへでも行けるし、それより何より、孤高を行く気持ちの高ぶりが、彼女をこの特別な場所に引き止めたのだろう、ととても納得がいった。

「あの跡を継ぎたい」と言う度に、横浜駅西口を頻繁に利用する長女は、「どうぞ、どうぞ、でも、南口でしてほしい」と返答をする。

忽然《こつぜん》と姿を消したその女性を想像して、行き倒れてひっそりと姿を隠すのも、それはそれで、哀切でもなく、みじめでもない人の一生かと思う。

インドで実際に道路際に寝て暮らした人から聞いた話では、コンクリートの道路がカーブするあたり、排水口の上を根城にすると快適だとか。熱帯に生きる知恵でもある。そのような言葉を私はずっと意にとめている。

「美《うま》し国」を捨てる気はなかった――何処に住んでも「旅人だった！」

旅というものが、帰るところがあってはじめて成り立つものであれば、当然私たちは、この「美《うま》し国」祖国を捨てる意識は毛頭なかった。

あれほどバランス感覚に欠けた日本の社会からの脱出を望んでいたのに、いざ海外に住んでみて、外から見る日本や、思い浮かべる知人の誰それは、はるかに移り住んだ国の一般のレベルを凌駕《りょうが》していて、日本国と記された赤い表紙の旅券が頼もしかった。

特にアメリカの習わしで、濃い人間関係の場合は別として、私を見送りに来た人が、列車やバスが発車すると、すぐに踵《きびす》を返して何事もなかったように帰っていく、去っていく人の車の後を目で追う名残もなし、この味気なさに出会う度に、祖国の「情」を想って恋しくなったことだった。

きっとそのような思いが、日本に家という拠点を置かずにはいられない気持ちに私をさせているのだろうと思う。

いつだったたか、ポルトガルのセシンブラに住んだとき、日本の住まいなどすべてを清算してご夫婦で移住なさった方に出会ったことがあった。ちょうど歌手の美空ひばりの訃報が報じられた時だったたが、このご夫妻はすべての戸を閉め切って、音が漏れないようになさると、美空ひばりのCDを大音響でかけて追悼されていた。

美空ひばりの歌う声を通して、どんなに望郷の思いがお強かったかと思うと、祖国から完全に隔絶する精神の傷みなどを思って、これは考えさせられる私自身への問題提起でもあった。

唐突に、寺山修司の短歌が口をつく。『マッチ擦るつかのま海に霧ふかし身捨つるほどの祖国はありや』

異国で独り住むことを模索する――揺れる心は年齢《とし》の所為《せい》

つい最近までは、ひょいと異国に渡ったものだったが、しかし、今回のみは年齢を思って、娘たちに迷惑がかからぬように、身体の現状のチェックをしてもらおう、と台北に住む、数年前から漢方薬の世話になっている漢方医を訪ねることを思い立った。

二〇一一年が明けて早々、ようやく三泊四日の台湾の旅が実現したが、これは鎮魂の旅でもあって、亡くなった劉志明さんへの弔問も兼ねていた。劉志明さんは、幼い時から家族ぐるみで付き合っていた友人であることは、前に書いた通りだ。

台北に到着してすぐに、新幹線で竹南に住む志明さんの奥さん、春桃さんを訪ねたが、遠方に住む息子たちもこぞって集まって、心の溢れる温かな歓待を受けた。

春桃さん一家の、昨日まで隣に住んでいた幼馴染みを迎えるような自然な肌合いに接すると、かつて、不安定な自分の性格を、故郷を失くして、心の深いところに洞《うろ》が出来ている所為《せい》だと言い続けていた自分が恥ずかしくなった。台湾こそがやはり私の故郷だったのだ、という思いがこみ上げてきた。

一九八二年、娘たちを連れて、戦後に初めて訪問をしたあれほど焦がれていた台北は、しかし、薄汚れた灰色の街だった。排気ガスが充満し、人の語気は荒々しく、思い出の中の台湾との差に、落胆をして、ひそかに他国となって去っていった故郷と決別したものだった。

だが、今、歳を重ねてみると、気負い立っていた若かった自分の、人の情や土地の醸《かも》す味などを十分には受け止めることが出来なかった未熟さが悔やまれるのである。

『ふるさとは遠きにありて思ふもの　そして悲しくうたふもの……』と詠《うた》った上で、『かへらばや、かへらばや』と繰り返した室生犀星《むろうさいせい》の詩が今こそ脳裏をかすめる。

今回の旅で往来する人たちが上手くよけてくれる片脚が不安定な路上のテーブルで、私は「苦瓜《にがうり》のスープ」や「昆布と一緒に煮しめた卵」や「お豆腐の炒め物」などをさらさらのお粥と一緒に食べては、その美味しくて全くお値打ちの値段に気をよくしたものだった。通りがかる人にふと会釈《えしゃく》する自分や、笑顔を返す彼らにすっかり馴染んで、のびのびと解放されている自分を感じた食べ歩きだった。同じ大地に生を受けるということは、これほどの安堵を生むのだという実感があった。

台中「振英会館《しんえいかいかん》」にロングステイ――歴史が創る住み良さ

希望が実現して、台北のワンルームを確保出来たのは、二〇一二年の四月だったか。

家賃四万八千円を払って借りた部屋は、台北市の西に位置していて、旧い人情も通じる場所だと聞いていた。なるほど日本語も、たどたどしいながら通じることも多く、門番がいるマンションは一人暮らしには十分に快適だった。温泉にも誘われ、市内を散策し、廟や寺の違いを知り、路上に店を開く靴屋さんとも昵懇《じっこん》になり、と、ふる回転をした三ヵ月だった。

さて、今度は二〇一五年の暮れ近く、私は台中市内の北のはずれに部屋を借りて住んでいた。所有者の理念がビルディングの隅々にまで通っているような、すっきりとした立派な宿は、振英《しんえい》会館と言う。

残念なことに、宿の経営者、頼崇賢《らいすうけん》さんは、二〇一八年五月に八六歳で亡くなってしまったが、この会館は、本当は他界された医者だったご子息のために、病院になる予定だったと聞く。そのためか、エレベーターはストレッチャーが入るほど広く、とにかくすべてが高級志向の宿である。

客室はベッドが二台の部屋と、シングルベッドの部屋があり、長期滞在者を特に受け入れることをうたっているので、当然冷蔵庫やテレビ、食器類と調理器具もそろっている。九階には十分に広い会議室や図書室もあって、トレーニングルームもあると知れば、滞在にはこれ以上の場所は望めないだろう。

部屋は一ヵ月逗留して、三万元が基本料金で、日本円で言うと、為替の変動で変わるけれど、だいたい三・六～八を掛ければいい。日数単位の宿泊も可能である。

台湾では、家族の誰かが外国に散ることが多く、路地の労働者でさえ従妹がとか、叔母さんが外国に居ると言う。貧富の差など関係はなさそうだ。

昔、明《みん》や清《しん》の時代にさかのぼると、先住民が自由に暮らしていた台湾という小さな島に大陸から男たちが連れてこられた。彼らが、ここに住む山地の女性たちと結ばれ、やがてオランダやスペインに島を占領された時期もあり、フィリピンやインドネシアなどから海を渡ってやってきた人たちもいた。

明朝復興を願って活躍をし、台湾からオランダを追いだした鄭成功《ていせいこう》も、母は長崎平戸《ひらど》出身の日本人であるし、その後の日本の植民地化もあって、結果多くの台湾人に異なる民族の血が入ったのは確かであろう。

もっとも第二次大戦後に大陸から渡ってきた人や、独自の生活様式や言語文化を持つ客家《はっか》と呼ばれる人たちも存在するので、一概には括れない。が、多くの民族の血が混淆《こんこう》しているのは事実であろう。

台湾人たちの多くが、「自分たちは移民の末裔だ」と言うのももっともなのではないか。つまり、国を後にすることに、あまり悲壮感もなく、近年では白色テロの影響で、海外に逃げ出さざるを得なかった知識層の厳しい現実があったにせよ、中華思想を担う発想なのか、じつにのびのびと当たり前のように海外に移住して、そこに定着している。

とにかく、習慣化されている彼らの故郷訪問の数日のために、会館は家具つきの部屋を用意し、すぐに暮らせるような配慮をし、ここを拠点に彼らは久しぶりの家族との邂逅《かいこう》に出かけていく。

日本からのロングステイクラブのメンバーの客も多く、その何パーセントかはリピーターのようだった。寒い地方の日本から逃げ出す場所としては最適な筈だ。加えて、この町の日本人に対するやさしさ、もしくは異質な人間に対する、無頓着さが魅力なのは確かであろうと思う。この会館に集まる日本人の多くが、気持ちが和む宿だと指摘するのは、台中という地味《ちみ》もあって、むしろ当然なのかもしれない。

暫く滞在すると、日本人の滞在客へのオーナー頼さんの誠実な配慮が、単なる経営者の枠を超えていることに気が付く。それを言うと、

「それは、人格形成上の重要な部分、嘘をつくな、正直であれ、友を信じ毅然としてあれ、などの訓育を受けた植民地時代の小学校教育、それも多分に担任教師の熱心な指導によります」

と断言する。

背の高い頼さんの端正な顔が紅潮した。彼のような、かつて日本の教育を徹底されていた人にとっては、日本は以前のように、厳として存在していてくれなくては困る。

日本が元気でいてくれなくては、自分の存在そのものへの否定にもなりかねない。「日本よ、元気でいてくれよ」と、敗戦を味わい、辛酸《しんさん》をなめた暮らしもあったであろう日本の、ロングステイクラブのメンバーたちを励ます気持ちも、この宿にはある気がする。

振英会館は、たまたま訪ねた台中のキリスト教会のメンバーの紹介だった。

すべてが完備をした部屋で、一人はここで集会を開こうと言い、一人は食事は持ち寄りにしようと話し、果ては、この部屋に入れる人数を計算し始める。私をそっちのけで話はだんだんエスカレートするから、ならば、と私ものってくる。

このようなことは実に台湾的なのだ。他人がどう思おうと、自分の考えは主張してみる。駄目ならサラリと引き下がる。自分は自分、他人は他人でよろしいという訳か。

孫を想うと里心が……──郷愁を感じるのか雑然とした路上の屋台街へ

台中の街に三ヵ月も滞在していると、そろそろ七歳になる孫に逢いたくなってきた。エネルギーの固まりのような彼のお守から遁走して、ゆっくり自分の世界に戻るための旅の筈だったのに、近頃少年を見かけるたびに、孫の姿をつい重ねてしまう。

里心が付いた自分を持て余しながら、いつも午後のお茶の時間を過ごす路上のピザ屋さんに自然と足が向く。

宿を出て、右にちょっと行って、路を渡って左に折れると、ピザ屋さんが現れる。

台湾料理やエスニック料理の屋台や食堂ばかりが雑然と目立つあたりで、このピザやさんは、近辺の店からはほんの少し距離をおいた雰囲気で共存をしている。

亭仔脚《ていしきゃく》（現在は騎摟と呼称）を上手く利用した、オープンカフェとでもいうのだろうか。亭仔脚は、ブロックごとに店もしくは住居の入口が隣同士と天井でつながっている歩道で、亜熱帯に住む人たちが日差しや雨から逃れるための知恵の結晶なのだ。なので、店先の亭仔脚は店の所有地だけれど、行政は大衆の通路として解放するように義務付け、税金面の軽減措置もとっていると聞く。

店先の間口の幅にあわせて、車二台がすれすれに駐車出来るほどの広さの亭仔脚に、つまり歩道に、台所がまるごと引っ越してきたと思えるほどの調理道具を持ち出して、プロパンガスの火を絶やさない食堂もある。客の注文を聞いてはアツアツの麺類や野菜炒めを、ひとっ跳びの素早いスピードで室内で待つ客に運ぶ。片手に持った器のスープは不思議にこぼれない。運び手の勢いに気《け》押されて、彼と交差する通行人は慌てて路を譲る。譲らないと速く通れと顎をしゃくられる。

この雑然とした風景に郷愁を感じる人たちの意識が、この歩きにくい歩道をそのままにさせているのかもしれない。

さて、私の通うピザ屋さんの、緑色のバンダナの似合う四〇代半ばの主人は、店が角にあるのをいいことに、亭仔脚に窯《かま》まで作ってしまった。レンガを重ね、漆喰と白いセメントで固めた窯が、東南の隅にデンと据えられている。通行人は客になるか、窯を斜《はす》かいによけて、遠慮しながら店を通り抜けることになる。

ピザ屋さんは東側の交通の激しい通路面にブロックを積み上げた塀を立てているから、店と塀の間の小暗い亭仔脚は、穿《うが》たれた樹の洞《うろ》のようでもあり、ちょっとした小動物のねぐらのようでもある。きっと私が小さなイタチならば、駆けこんで隅っこに丸まっていたいような場所なのだ。

カフェの女占い師――「あなたの孤独、わたしの孤独……」

ピザ屋さんの店の奥で、一人女性が椅子にかけて本を読んでいる。

ある日、立ち寄ったピザ屋さんで、私と彼女の目が合った。子猫がするりと近寄るふうに、彼女は椅子を引くと、立ち上がって、

「コーヒーでしょ、コーヒー一つ」

私のために店主に声をかけて、片頬でニコリとしながら私のテーブルにやってきた。

以来、私と彼女との間に奇妙な友情めいたものが出来上がってしまった。ときどき訪れる私を観察していて、彼女は私が天空のかなたの世界で自分と親しい友人だったのが分かったのだと言う。

彼女は片言の日本語と会話に不自由しない程度の英語が出来る。

ある日、突然に彼女が、

「焼酎の名前で『萬年の孤独』って言うのがあるのを知っている？」

と訊いてきた。

「それって確か『百年の孤独』でしょ。台湾に渡ると、百年は百倍の萬年になるんだ。気宇広大ね。コロンビアの作家のガブリエル・ガルシア・マルケスの作品から取った名前ですって」

そうすると彼女が呟いた。

「『萬年の孤独』は私にぴったりのネーミングだわ、いつでも私は独りぼっち、世界中を回ったけれど、どこに行っても孤独が付いて回る」

私も、

「私は台湾に来てゆったりとした気分でいるの。生まれた故郷の大地を踏みしめている安心感というのかなあ、でも魂は相変わらず流離《さすら》ってる。贅沢だけれど私も孤独」

すると、彼女がこう言うではないか。

「あなたの孤独はあと一〇年で終わる。でも私の孤独はもう少し続く」

「そりゃあ私の方が年齢が上なんだもの。でも、そんなこと言ってしまっていいの？　最期の年齢を言うのは職業上ご法度《はっと》でしょうに」

しまった、と彼女が首を竦める。他人の人生を区切ってしまったくせに、いま彼女はケラケラ笑っている。

菜食に徹している彼女は、冬の寒いとき以外糖分はほとんど摂《と》らない。冷たい飲み物はまったく飲まない。台湾の一般的な菜食の食習慣には言い伝えがあって、脚《あし》に極端にこだわる。脚のないものならば食べてもよろしい、ということらしい。

彼女のたどたどしい日本語によれば、まず魚は大丈夫。「脚がないでしょう?」と言う。次が鶏で、脚はあるけれど「二つだけね」、豚や牛は「四本ね、それ駄目ね」

佛教の教えが浸透した結果なのだろう。もちろん厳格な菜食は魚さえ避ける。

妙齢とも言いたいほどの姿をした彼女には二〇歳《はたち》を過ぎた娘がいる。やや斜に引いた椅子に腰かけて時たま訪れる客を長い髪を一方の肩に垂らして、待つでもなく待っている。国籍は台湾と本人は言うが、さて、彼女に国籍を与えるとすれば、どの国がふさわしいのか。韓国でもなく、中国でもない、日本でもなければフィリピンでもない。台湾とも言い難い。無国籍と言ってしまえば平坦な表現で面白くもない。奇妙な存在感を纏《まと》って彼女は部屋の隅っこに居る。

今は独り身の彼女は、時たまお昼ご飯を誘いに来るボーイフレンドが現れると、おもむろに本を伏せ、商売道具のカードを片寄せ、上気した頬にちょっとした恥じらいをみせて立ち上がる。それとなく気にしていたらしいテーブルの男たちが、はっと目を上げる。

愉快なことに、その後三年経って彼女を訪ねてみると、彼女は台中にある亜州大学で経営管理の博士号をとっていた。

老いた母を抱えるビジネスマン――台湾のもうひとつの貌《かお》

さて、このピザ屋さんに老いた母親を連れてくる中年の男性がいる。自分は台湾企業の仕事で妻とシンガポールに住んでいるので、帰郷する度に、閉じこもりがちな母親を連れ出してここに来る。往来する人間を見せるのも彼女の刺激になるだろうと言う。

歯のない母親は、どれほど咀嚼《そしゃく》出来るのだろうか、精悍な感じを漂わせる息子の陰で、皺の寄った口元をすぼめながら、小麦粉を油で揚げた、スペインのチュロのような棒状のもの（油條《ユウティアオ》）を、熱いお粥と一緒にもぐもぐと食べている。この店ではメニューにないお粥だけれど、多分別の店で買って持参したものだろう。

息子の愛情と努力は通じているのかしらと思いながら、路地のアルミ製の椅子に腰かけ、なんの感興もなさそうな、部屋着でそのままやってきたような母親を見るともなしに私は眺めていた。

この世代で全く日本語の挨拶さえ通じない彼女は、日本の植民地時代を知らないわけで、きっと大陸から蒋介石の軍と一緒にやってきた軍人の家族の一人だったのではないのだろうか。

彼女にはお手伝いを一日じゅう付けている、とこの息子は言う。今日は日曜日で、インドネシア人の手伝いが休みを取って出かけたので、ここでお昼ご飯を食べるのだそうだ。

「お手伝いには寝泊りと三食を含めて、母を守りながら家事労働をしてもらうので、一ヵ月に二万二千元（当時の為替レートで八万円ちょっと）を払います。これは政府が決めた賃金で、税金と保険を雇い主が負担する場合と、労働者が保険だけ負担する場合など臨機応変です。うちは保険も税金も彼女の自己負担です。だって母一人の面倒を見るだけですから。でも賃金を出し惜しむと、もっと良い条件の家庭に移られてしまうので、結構気を使います」

台湾を経済的にここまで発展させた原動力の一つに、女性も外で働くという顕著な事情があることを考えると、お手伝いさんたちの需要が多いのもうなずける。

台湾でも高齢化は進んでいる。加えて家族が世界に散ることが習慣化した状況を考えてみれば、家を守る立場の人間には、異国人であろうとどうであろうと、お手伝いは必要なのだ。異国の単純労働者を斡旋《あっせん》してくれる政府機関を通さない、いわゆる闇のお手伝いさんならば、保険など必要がないので、賃金はぐんと安くなるそうである。

金銭的には母親を施設に預けても月々の支出はあまり変わらない筈だけれど、やはり最期まで長男の自分が看るのが、双方にとってもよい、とシンガポールを往復して仕事をする男性は言う。

「ちょっとした面子《メンツ》もありますしね」

そう呟くと、彼は母の両腕を背中から支えるようにして、立ち上がらせて去って行った。

「蛙《カエル》の卵あります」――田舎の街道沿いのお店で

『蛙《カエル》の卵あります　百元』と段ボールの切れ端に書かれた値札を見つけたのは、渓頭《けいとう》の村を貫く道沿いの商店だった。

渓頭は、台中市から車で一時間半ぐらいの、緑あふれる森林地帯だ。宿で借りた杖を頼りに、箱根のような景色の中を私は歩いていた。

日本の植民地時代には、盛んに檜や竹が植林され、東京帝大農学部の演習林があった土地だったが、現在は国立台湾大学管理下の実験林となり、森の一帯は観光客に開放されている。

休日のせいか、小雨模様の霧の立ち込める村の坂道は、ビニールの風呂敷や、新聞紙などをかぶった人々でむしろ混み合っている。大陸からの、日を限った旅行者たちらしく、たとえ雨でも予定は変更出来ないのだろう、とにかくその姿と数は、静かな山の景色のなかでは尋常ではない。

さて「蛙の卵」の値札は、私に、幼い頃過ごした台湾の小川の岸辺で、足にまとわりついた蛙の卵のぬるりとした、気味の悪い感触を甦《よみがえ》らせた。卵が育って、オタマジャクシから蛙になり、やがて料理されてグルメたちの胃に収まるのは知ってはいるが、まさかあのゼラチン状の卵が売られているなんて。

値札の後ろに控えたビニールの袋の中身を、矯《た》めつ眇《すが》めつしながら、台湾語も北京語も分からない私は、度胸で筆談に入る。

本物なのかどうか、これから起こりうる問答を先取りして、店主らしい中年の男性がニコニコしながらピョンとコンクリートの床で跳ねた。胸の前で揃えた両手を前に突き出して、本当だよ、と蛙を真似ている。「本当にこの蛙なのね」私は指遊びの蛙を作って応える。

袋に入ったこげ茶色の胡麻粒《ごまつぶ》のような「青蛙の卵」は、まさにぬるぬるを取り去った蛙の卵を乾燥したものに見えた。この期《ご》に及んでも、私はそれを実際の卵と信じて疑わなかったけれど、ついにそれは「山粉圓《シャンフンユエン》」という草の実であることを、筆談で知る。

彼がスプーン一杯をコップに入れて熱湯を注ぐと、あら不思議、粒つぶは「蛙の卵」と化して、半透明な膜に覆われ始めた。当然核には黒い粒が見える。スプーンを渡されてかき回しながら、トロリとし始める様子に葛湯《くずゆ》を連想する。「山粉圓 Hyptis suavelens」は巷では利尿剤として利用され、真夏に冷やしておくと食感が好まれると後に知った。

二泊を山で過ごした一人旅を終えて、台中市北部にある「振英会館」に戻る。

飛び交う日本語に台湾の未来を思う――複雑な時代を生きた人びととの力

流暢な日本語といえば、昔の名門、台中二中が、戦後台中一中に合併されて、同窓会を毎月一回振英会館で開いているが、彼らの会話は盛んな日本語の交歓でもある。

功成り名遂げたこの人たちの集会で聞こえてきたのは、舌を巻くほどの日本語だった。明治天皇の御製を朗々と吟じる人もいるし、教育勅語などは彼らに染みついてしまっていて、すらすらと呪文のように湧き出てくる。

ある日、台中一中の同窓会のメンバーの厚意で台南に一泊の遠足をした時だった。中のお一人が、台湾特産の檜の展示場で、緻密に華麗に彫りこまれた二畳ぐらいの広さの天蓋《てんがい》付きのベッドの前で、私に説明を始めた。

「これは狭いでしょ、誰の寝台か分かりますか」

「娘さんのものかしら」

「でもあるし、そうでもない。若夫婦の寝台でもあるわけで」

「でもちょっと狭すぎませんか?」

と言いながら、あとの説明を慮っている私に、彼はすかさず、

「あーとは、言えーない、二人は若ーい」

と続けた。

歌うこの方は、名を言えば知らない人もいない企業の会長である。漱石の全作品を読破されたともっぱらの評判であった。

洒脱《しゃだつ》に世の中をいなして生きていられる様子ながら、この年代に共通する、お一人お一人の

背負った苦しみを知ると、胸は締め付けられる。

例えば、戦後間もない台中二中で，校庭に並ばされた生徒の目前で行われた政治犯とされた青年たちの処刑の記憶がある。見せしめに無造作に放置された遺体が、やがて整理された跡に、其処《そこ》のみ遺体のままの形で、青草が茂っていた、などの話もあって、酷さが青草となって昇華していく事実に言葉もない。

日本の統治を経験し、その後、来島した大陸側の圧政を経て現在に至る台湾の、一時は自己認識さえも揺れたであろう人々の経験と犠牲によって、戦後七〇年もの年月を経た現在、この大地も大きく変わろうとしている。

日本語を理解しているからと言って、それでは心情が日本という国、人、文化に百パーセントの強い傾斜があるのか、と思うと、多分それは、全体の何パーセントかであろう。

むしろ、世相がどうあれ、共に過ごして共有した「時間の記憶」が友達の結束をうながすのだと思う。この方たちにとっては、日本が植民地として統治した時代の五〇年は、心のなかですでにふるいにかけられている気がする。

非常にシビアな目で、過ぎた日々を見透かしているようなこの年齢の人たちの存在は、やがて、台湾という島の地底を深く大きく穿ち、大地を揺るがすようなエネルギーを溜めるきっかけとなっているのでは、と私は思うようになってきていた。

やがて、押しつけでもない台湾独自の思想や哲学が大きく地上を覆うだろうと思う。

大地から吹き出すような強いエネルギーを羨みながら、私はこの島を去ろうとしていた。

祖母と孫を繋ぐ「台湾」――故郷喪失の不安が消える

二〇一八年、それは、ある日の次女のおしゃべりから始まった。

「ねぇ、台湾の寮のある学校に入れるのはどうかなぁ」

「きっとみんな優しいから楽しい学校生活だと思う」

彼女は小学四年生の息子を、やがて中、高一貫の学校の寮に入れたいという。

学力でもない、偏差値でもない、背景におしなべて人の優しさのあるところの学校を彼女が探しているのだと知って、思わず彼女の顔を見た。

母の私が台湾に生まれ、台湾に関わる作品を発表したりして、かなり台湾に傾斜していることなど、知りながら無視するふりをしていた彼女の突然の発言だったから、あらま、といったところか。

テレビの仕事で世界の国々を訪れている彼女が、他国と比較したうえで、優しさを求めて息子のために台湾の学校を選択肢の一つに選ぶという。

それは多分彼女自身のための選択でもあって、二五年を過ごした、利便性を追い、時として人の情からはほど遠いアメリカ暮らしの体験からの、無意識の遁走なのでは、と母の私は考えている。

もっとも、彼女がインターネットで調べた結果、台湾のこの学校は自分がアメリカで学んだ高校と大学の母体のキリスト教、セヴンスディ・アドヴェンティストによって運営されていることを知って、その教育への信頼を抱いたことが根底にあるのも事実だった。

さて、次女の言葉を聞いて、

「わかった、私が見てきてあげる」

と即断、即行。

冒頭の「序」の終りに書いた、私の台湾行きの「もう一つの目的」とはこのことである。

訪れた学校、Taiwan Adventist International School (TAIS) は、南投県の魚池郷《ぎょちきょう》にあって、有名な観光地の日月潭《じつげつたん》はすぐそこだ。

その敷地の広いこと。五〇ヘクタール（五〇万平方メートル）のゴルフ場かと見まがう緑にあふれた起伏の多い土地に、校舎と寮、礼拝堂や職員の家がぽつんぽつんと建っていた。

二〇一五年六月に開校され、それぞれ男女一五名が上限のクラスで、生徒たちが英語のみで授業を受けているが、これは台湾で初めての取り組みだそうだ。

清国から日本に譲渡された台湾は、人種の混淆で、先住民はもとより、フィリピン、インドネシア、中国大陸、オランダや、スペインなど、日本も含めて多くの民族の血が混じっている。血を辿れば必ずどこかの国に行き着く。他者を受けいれる素地はとっくに出来ているし、他人に対する許容度の深さもそれ故なのだろう。

一概には括れないけれど、台湾人の日本人に対する優しさが、特に際立つのは、第二次大戦後のある時期、大陸からやってきた軍隊の横暴に落胆をした結果、比較論として、日本恋しに傾き、とくに日本人には温かい、という説もあるが、五〇年の日本の統治で台湾のために情熱と努力を注ぎ続けた人たちも居る訳で、そのような人への感謝が特に日本人贔屓《ひいき》にもなっている、と説く人もいる。

かつて私は小学五年生の時に南庄という山奥に疎開していたことはすでに書いたが、家主でもあった教会の牧師の母親、皆が「あぽ」と呼んでいた纏足《てんそく》のおばあさんは、終戦で台北に去る挨拶をした私の父に、

「ニッポン　もう去るか?」

の一言だった、と父から聞いた。

明国、清国、オランダ、スペインなど、この小さな島は他国に思うままに利用され、今また日本が去っていく。日本の領台（植民地）のはるか以前から住んでいる当時九〇歳に近かった彼女にとって、日本が引き揚げることは、風が過るほどの思いしか無かったに違いない。

国土がいずれかの国に属し，為政者がどう変わろうとも、自給自足で生きていけるこの豊か

な国に住むおばあさんは、来る人を拒まず、去る人を追わず、の典型的な思想を持っていたようで、日本はただ五〇年の客に過ぎないと、深い執着もなく生きていたらしい。

戦後七〇年余も経てば、五〇年の日本の統治だって歴史の彼方に埋没してしまうのだろう。しかし、いつでも、どこでも、今も昔も、台湾人、特に本島人は変わっていない。

さて、孫にとっては初めての台湾行きとなる旅を、夏休みを待って敢行しようと、ひそかにたくらんでいた矢先に、あろうことか私に肺腺癌が見つかってしまった。

ごくごく初期の段階だったので、手術で取って頂いたが、恨むべきはアメリカのお医者さまで、留学のために渡米した六十年以上も前、ストレスから体中に湿疹が出来た時に、彼はまったくの善意で、薬の処方の代わりに、煙草を吸うことを勧めてくれたのだった。

煙草が癌に罹る原因だなんて、当時は医者さえ露《つゆ》思わなかった。

孫は現在四年生だ。東京のインターナショナル　スクールに通っている。

学校では英語が共通語であり、したがって授業はすべて英語で行われている。この英語が共通である事実が、末娘が台湾の学校を息子のために選ぶ上での、言わずもがなの条件の一つになっているのであろう。

現在孫が通う学校の、友人のほとんどは日本以外の国籍を持っている。残念なことに、台湾国籍の友人は一人も居ないようだけれど、その国籍は多岐にわたっているが、親の勤務の都合で、三年余りで去って行く児童も多いようだ。

去って行った友人のほとんどが、日本に居たほうが良かった、とメールが来る。ペルーからのメールは、治安が悪くて，お母さんはピストルで脅されて買ったばかりの新車を奪われた、とあり、トルコからは政情が不安定で、両親の会話はいつでも政治の事だ、とある。西欧圏の友人は満足げではあるけれど、それでもサンフランシスコに帰った友人は、日本に比べて治安の悪さを嘆いている。

そのような往き来をしていると、幼いながら、小さな頭で俯瞰する世界の現在の状況では、勉強に絞って言えば、「絶対日本に居る方がいいよ」という孫の発想となる。

いつか、台湾の作家の姚巧梅さんが、孫に向かって

「台湾の学校にいきたい？」

と訊ねた時に、孫がいきなり

「ノー」と言ったことを私は思い出す。

とても失礼な返答に、孫を叱ったものだったけれど、

「ノー」と即答した彼の心の裏では、政情の安定した国で学ぶ自分が織り込み済みだったのであろう。

この状態では、彼の成長を待つしかない、と思っていた矢先に、三万年前を考証して、手斧まで手造りの道具を使って完成させた丸木舟で、台湾から沖縄の与那国島まで、手漕ぎで渡り

切った研究者たち、というニュースがテレビを通して飛び込んできた。

「凄いよ、二〇〇キロの距離を手漕ぎで、二日かけて渡ったんだって」

「三万年前に台湾からやってきた人たちが居たんだ、それも星と風や波が頼りだったんだって。凄いよ、全く凄いよ」

興奮はなかなか収まらない。

ややあって、

「一度三万年前の人たちが出航した台湾の港に行ってみようよ、考えたんだけどさ、三万年前に台湾にいた人たちって、きっと素直だったんだと思う。コンピューターなんて無いし、比べるものが無いから、自分を信じて、陸が見えるまで舟を漕いだんだ」

「先に台湾に行って、それから、与那国島に行ってみようよ。二〇〇キロってどのくらいの距離なんだろうね」

興が乗って、「台湾よいとこ、一度はおいで、どっこいしょ」と、いつものおかしな即興のダンスを披露する孫に私は手拍子を送りながら、父が居て母がいて、私が居た故郷の台湾に、孫がつながった確かな手ごたえを感じていた。

それはとりもなおさず、連綿と続いた、故郷喪失が起因すると思われる、心の中で起こっていた自身への不安や失望が、静かに解消されて、さらに続くであろう行くてには、清々とした旅が待っていてくれるに違いない、という考えに行き着くのだった。

あとがき

海辺に住み、高原に住み、街中にも暮らし、日本列島南にも暮らし、思い立って北海道にも至った。

海を越えれば、台湾、スペイン、メキシコ、コスタリカ、アメリカ合衆国など、思いつくままに着地をして、ごく自然に暮らし始めていた。

なぜこうも当たり前のように移動できるのか、そうして時を置かずに去ることが出来るのか、と自分に問いかけてみる。

ある日、アメリカのフォークソングで、ジョン・デンバーが歌う、カントリーロードの一節、「country road, take me home to the place I belong」に捕まってしまった。たった一行のフレーズなのに、彼は始終付きまとってくる。

そうしてそれは、きっと、多分、私の生まれ故郷の台湾が、他国となって去ってしまって、心の帰属すべき場所がなくなった事実が、うまくこのフレーズと合体してしまった結果なのだろう。

ある日、新聞記者の奥山晶二郎さんが、『ときを駆ける老女』はどうだろうと、求めに応じて、作品のタイトルを考えてくれた。「えっつ、老女なの？」充分に超老婆なのに、言われると心が騒ぐ。

が、しかし、これほどぴったりのタイトルもなかろうではないか。ちなみに、前回上梓をした作品のタイトルも彼の厚意に甘えている。


さて、この作品は、もっぱら台湾の作家、姚巧梅さんのあふれる善意がきっかけで実った賜物だ。日本に到着早々、小さなリュックサックに私の書き溜めた原稿を押し込んで、懇意の編集者、祥伝社の山田幸伯さんを訪ねて紹介してくれた。

山田さんの「姚さんの頼みならば」は功を奏し、編集を依頼して、既刊六冊をベースにした、むしろ自分史のような作品は、――山田さんのベテラン編集者の心意気で――できあがった。面映ゆさもさることながら、振り返って、自省の意味もあって、私は作品が愛おしくてならない。

彩流社会長の竹内淳夫さんには、新型コロナ騒動のお忙しいさなかに、作品を取り上げて頂き、こまやかなご配慮を頂戴した。心からの感謝を捧げたいと思う。

そうして、この、おこがましくも、集大成とも言える作品が完成する以前、六冊の作品が世にでる過程で、教えを乞うために持ち込んだそれぞれの原稿に、助言を下さった出版にたずさわる方たちの、仕事に徹したプロ意識と暖かな指導に、尽きない感謝があふれ出る。

今回は作品の中で、お名前に触れる機会がなかったけれど、アイウエオ順に今泉正俊さん、打田いずみさん、小泉桐子さん、坂脇秀治さん、瀧澤晶子さんに、宮園功夫さんなど、その他、参考資料を列記してまで励まして下さった多くの方々に、どれほどの感謝を捧げたらよいのか。

果報者だったなあ、と思いながら「あとがき」を閉じます。

二〇二〇年七月吉日

鈴木れいこ

著者紹介
鈴木　れいこ（スズキ　レイコ）
1935年、台湾台北市生まれ。
1947年、台湾を引き揚げる。青山学院中・高等部を経て、
アメリカのフィラデルフィア・ミュージアム・スクール・オブ・アートに学ぶ。
台湾をはじめアジアの国々、メキシコ、スペイン、ポルトガル、コスタリカなどで生活。現在は横浜に住む。
著書に、『日本に住むザビエル家の末裔——ルイス・フォンテス神父の軌跡』、『ワトソン・繁子——バレリーナ服部智恵子の娘』『台湾 乳なる祖国——娘たちへの贈り物』（以上、彩流社）、
『旅は始まったばかり——シニア夫婦の生きがい探し』（ブロンズ新社）、
『世界でいちばん住みよいところ』（マガジンハウス）、
『旺盛な欲望は七分で抑えよ——評伝昭和の女傑 松田妙子』（清流出版）。

ときを駆《か》ける老女《ろうじょ》——台湾《たいわん》・日本《にほん》から世界《せかい》、そして台湾《たいわん》へ

2020年8月31日　初版第1刷発行　　定価はカバーに表示してあります

著　者　鈴木れいこ

発行者　河野和憲

発行所　株式会社　彩流社
〒101-0051　東京都千代田区神田神保町3-10　大行ビル6F
電話　03 (3234) 5931　FAX　03 (3234) 5932
http://www.sairyusha.co.jp
印刷　明和印刷(株)
製本　(株)村上製本所
装幀　渡辺将史

落丁本・乱丁本はお取替えいたします　　ISBN978-4-7791-2701-4 C0023

台湾 乳なる祖国

978-4-7791-1979-8 C0023 (14·01)

娘たちへの贈物

鈴木れいこ 著

台湾に半生を賭けた父…「わが祖国」振り返る娘の自伝的記録。占領下の 12 年間の少女時代の想い出。敗戦による混乱の中での引き揚げ。晩年、再び台湾に住んでみながら、人々との交流は今も続く。

四六判並製　1,800 円＋税

ワトソン・繁子

978-4-7791-1180-8 (06·10)

バレリーナ服部智恵子の娘

鈴木れいこ 著／黒沼ユリ子 解説

本書はバレリーナ服部智恵子を母とし、やがてタイトル・ロールを踊るほどに成長した繁子が、第二次大戦後にアメリカの情報局員と結婚し、夫の任地を転じながら、激動の世界情勢を背景に生きた女性の一生を描く。

電子版　1,600 円（税込み）

日本に住むザビエル家の末裔

978-4-88202-814-7 C0023 (03·05)

ルイス・フォンテス神父の軌跡

鈴木れいこ 著

キリスト教を日本に初めて伝えたフランシスコ・ザビエルの兄を祖先に持ち、1957 年、スペインから来日以来、在日 47 年、日本に帰化したルイス・フォンテス神父の開かれた教会めざした奮闘人生を綴る。

四六判並製　1,500 円＋税

いのちに共感する生き方

978-4-7791-1848-7 C0036 (12·12)

人も自然も動物も

野上ふさ子 著

動物·野生生物の福祉と保護、動物実験の問題に生涯をささげた野上ふさ子氏の思想と人生、＜私が私になるまで＞の軌跡。死の直前まで筆を取った自伝。先入観をとっぱらうほどの面白さ。おどろきと感動にあふれた、真に美しい生き方の見本。

四六判並製　2,500 円＋税

日本社会を「逃れる」

978-4-7791-1864-7 C0036 (13·04)

オーストラリアへのライフスタイル移住

長友　淳 著

日本人の海外へ移住は「経済移民」が大半を占めていたが、近年では経済的必要性のない中間層が移住している。本書はオーストラリアへの移住した「日本人」の社会的文化的相互作用の実態を調査したフィールドワークの成果。

A5 判上製　3,000 円＋税

レオニー・ギルモア

978-4-7791-1978-1 C0023 (14·01)

イサム・ノグチの母の生涯

エドワード・マークス著／羽田美也子 ほか訳

20 世紀を代表する彫刻家イサム・ノグチの母の数奇な運命を未発表を含む原資料で見事に描いた初の評伝！ 詩人ヨネ・ノグチと出会ったギルモアは入籍することなく来日するが、苦難の道を歩み二人の子どもを育てたひたむきな生涯を活写。

A5 判並製　5,000 円＋税